Grace Paley
Die kleinen Störungen der Menschheit

Geschichten vom Lieben

Suhrkamp

Titel der Originalausgabe: *The Little Disturbances of Man. Stories of Men and Women at Love*
Aus dem Amerikanischen von Hanna Muschg
Der Band erschien erstmals unter dem Titel *Fleischvögel. Schöne Geschichten* im Suhrkamp Verlag, Frankfurt am Main 1971
Umschlagfoto von Isolde Ohlbaum

suhrkamp taschenbuch 1091
Erste Auflage 1985

Druck: Nomos Verlagsgesellschaft, Baden-Baden
Printed in Germany
Umschlag nach Entwürfen von
Willy Fleckhaus und Rolf Staudt

1 2 3 4 5 6 – 90 89 88 87 86 85

suhrkamp taschenbuch 1091

Grace Paley wurde 1922 als Kind jüdisch-russischer Einwanderer in New York geboren und lebt auch heute in dieser Stadt. In den fünfziger Jahren begann sie zu schreiben, ihr erster Erzählungsband *The Little Disturbances of Man* erschien 1959 (deutsch 1971 unter dem Titel *Fleischvögel*, 1985 unter dem Titel *Die kleinen Störungen der Menschheit*). 1974 veröffentlichte sie einen weiteren Band mit Erzählungen, die in den sechziger Jahren entstanden und zuvor in den Zeitschriften *Esquire, The Atlantic* und *New American Review* erschienen waren (*Enormous Changes at the Last Minute*; deutsch: *Veränderungen in letzter Minute*, 1985). Grace Paley lehrte Literatur an der Columbia University, der Syracuse University und am Sarah Lawrence College in New York. Als Pazifistin widmet sie heute ihre ganze Energie – neben dem Schreiben – der Antikriegsbewegung und der Bewegung für atomare Abrüstung.

Die kleinen Störungen der Menschheit erzählen Geschichten von Menschen, vor allem von Frauen, die am Leben herumlaborieren, ihre Zärtlichkeit unterzubringen und den Zwängen zu entrinnen versuchen. Die meisten dieser Erzählungen spielen im Milieu der New Yorker Juden; die Personen sind geprägt von einer gemeinsamen Haltung: Sie distanzieren sich vom Alltag durch Humor, das heißt: mit der Sprache.

Inhalt

Adieu und viel Glück

Ich war beliebt in gewissen Kreisen, sagt Tante Rose. Ich war damals schon nicht dünner, bloß beständiger im Fleisch. In der Zeit, die da kommen wird, Lillie, wundere dich nicht – Veränderung kommt von Gott. Das geht an keinem vorbei. Bloß eine Person wie deine Mama steht auf einem Bein, sie merkt nicht, wie dick ihr Hintern wird, und singt dem Kanarienvogel ins Ohr, seit dreißig Jahren. Wer hört zu? Papa ist im Laden. Du und Seymour, ihr denkt über euch selber nach. Also wartet sie in einer makellosen Küche auf ein freundliches Wort und denkt – arme Rosie ...

Arme Rosie! Wenn mehr Leben in meiner kleinen Schwester wäre, dann wüßte sie, daß mein Herz eine regelrechte hohe Schule der Gefühle ist und daß zwischen meinem Korsett und mir Information steckt, gegen die ihr ganzes verheiratetes Leben ein Kindergarten ist.

Heutzutage könntest du mich jederzeit in einem Hotel finden, in der oberen oder unteren Stadt. Was braucht man eine Wohnung, in der man dann lebt wie ein Dienstmädchen mit einem Putzlappen in der Hand und niest? Ich kann sehr gut mit den kleinen Kellnern, es ist interessanter als zu Hause, jede Sorte Leute, und alle haben ihre Gründe ...

Und mein Grund, Lillie, ist, vor langer Zeit sagte ich zur Vorarbeiterin: »Missus, wenn ich nicht am Fenster sitzen kann, kann ich nicht sitzen.« – »Wenn du nicht sitzen kannst, Kindchen«, sagte sie höflich, »geh und

stell dich an die Straßenecke.« Und so wurde ich arbeitslos bei den Modeneuheiten.
Für meine nächste Stelle antwortete ich auf eine Anzeige, wo es hieß: »Kultivierte junge Dame, mittleres Gehalt, kulturelle Organisation.« Ich fuhr mit dem Trolleybus zu der Adresse, dem Russian Art Theater in der Zweiten Avenue, wo sie nur die besten jiddischen Stücke spielten. Sie brauchten eine Kartenverkäuferin, jemanden wie mich, der das Publikum liebt, es aber mit Schwindlern sehr genau nimmt. Der Mann, bei dem ich mich vorstellte, war der Manager, ein gewisser Typ.
Sofort sagte er: »Rosie Lieber, Sie haben ganz schön Holz vor der Tür!«
»Solche muß es auch geben, Herr Krimberg.«
»Verstehn Sie mich richtig, kleines Fräulein«, sagte er. »Alle Achtung, alle Achtung. Eine junge Dame, die vorne und achtern nichts hat, die hat Blut, das ist so damit beschäftigt, die Zehen und Fingerspitzen zu wärmen, das hat gar keine Zeit, da zu kreisen, wo es am meisten gebraucht wird.«
Für Freundlichkeit ist jeder empfänglich. Ich sagte zu ihm: »Werden Sie bloß nicht frech, Herr Krimberg, dann kommen wir schon miteinander ins Geschäft.«
Wir kamen: Neun Dollar die Woche, ein Glas Tee jeden Abend, einmal in der Woche eine Freikarte für Mama, und ich konnte gehen und Proben ansehen, wann ich wollte.
Meine ersten neun Dollar waren in den Händen des Kaufmanns schon bereit weiterzuwandern, als Krimberg zu mir sagte: »Rosie, hier ist ein echter Gentleman, ein Mitglied dieses bedeutenden Theaters, möchte

Sie kennenlernen, beeindruckt zweifellos von Ihren großen braunen Augen.«

Und wer war es, Lillie? Hör zu, vor diesen meinen Augen stand Volodya Vlashkin, von den Leuten in jenen Tagen genannt der Valentino der Zweiten Avenue. Ich riskierte einen Blick und fragte mich: Wo ist ein jüdischer Junge zu solcher Größe aufgewachsen?

»Ganz in der Nähe von Kiew«, sagte er mir.

Wie? »Meine Mama hat mich gestillt, bis ich sechs war. Ich war im Dorf der einzige Junge mit solcher Gesundheit.«

»Meine Güte, Vlashkin, sechs Jahre alt! Sie muß da Weizenbrösel gehabt haben, nicht Brüste, arme Frau.«

»Meine Mutter war schön«, sagte er. »Sie hatte Augen wie Sterne.«

Er hatte so eine Art sich auszudrücken, einem kamen die Tränen.

Zu Krimberg sagte Vlashkin nach dieser Einführung: »Wer trägt die Verantwortung dafür, daß diese wunderbare junge Person in einem Käfig versteckt wird?«

»Da verkauft nun mal die Kartenverkäuferin.«

»Also, David, geh da mal rein und verkauf Karten für eine halbe Stunde. Ich habe etwas vor im Hinblick auf die Zukunft dieses Mädchens und dieses Theaters. Los, David, sei ein gutes Kind. Und Sie, Fräulein Lieber, bitte, ich empfehle Feinberg's für ein Glas Tee. Die Proben sind lang. Ich liebe ein ruhiges Intermezzo mit einem freundlichen Menschen.«

Also führte er mich hin, zu Feinberg's, dann um die Ecke, ein Lokal so voll von Ungarn, es machte einen ganz taub. Im Hinterzimmer gab es einen Ehrentisch für ihn. Auf der Tischdecke, bestickt von der Dame des Hauses, stand: »Hier ißt Vlashkin.« Wir leerten schweigend ein Glas Tee, aus Durst, dann wußte ich endlich, was ich sagen sollte.

»Herr Vlashkin, ich habe Sie vor ein paar Wochen gesehen, sogar noch, bevor ich hier gearbeitet habe, in *Die Möwe*. Glauben Sie mir, wenn ich das Mädchen wäre, ich würde den jungen bourgeoisen Kerl auch nicht einen Augenblick ansehen. Er könnte überhaupt ganz aus dem Stück verschwinden. Wie Tschechow ihn in dasselbe Stück stecken konnte wie Sie, das kann ich nicht verstehen.«

»Sie mochten mich?« fragte er und nahm meine Hand und tätschelte sie freundlich. »So, so, junge Leute mögen mich noch ... so, und das Theater mögen Sie auch? Gut. Und Sie, Rose, wissen Sie, Sie haben so eine nette Hand, so warm anzufassen, solch eine feine Haut, sagen Sie mir, warum tragen Sie ein Tuch im Ausschnitt? Sie verstecken doch nur ihren jungen, jungen Hals. Dieses sind nicht die alten Zeiten, mein Kind, da man lebte in Zerknirschung.«

»Wer ist denn zerknirscht?« sagte ich und nahm das Tuch weg, aber meine Hand nahm sogleich den Platz des Tuches ein, denn die Wahrheit ist, es waren wirklich alte Zeiten, und es war noch meine Natur, zerknirscht zu sein.

»Nehmen Sie noch Tee, meine Liebe.«

»Nein, danke, ich bin schon ein Samowar.«

»Dorfmann!« rief er laut wie ein König. »Bringen Sie diesem Kind ein Seltzer mit frischem Eis!«

In Wochen, die da folgten, hatte ich die Ehre, ihn als

Person besser und besser kennenzulernen – auch die Gelegenheit, ihn in seinem Beruf zu sehen. Die Zeit war Herbst; das Theater voller Kommen und Gehen. Proben ohne Ende. Nachdem *Die Möwe* durchgefallen war, gab es *Der Händler aus Istanbul*, ein großer Erfolg.

Hier verloren die Damen den Verstand. Bei der Premiere, in der Mitte der ersten Szene, fing eine Missus – eine Witwe, oder ihr Mann machte zuviel Überstunden – an zu klatschen und aufzuschreien: »Oi, oi, Vlashkin.« Bald gab es einen solchen Tumult, daß die Schauspieler aufhören mußten zu spielen. Vlashkin trat vor. Bloß dem Aussehen nach nicht Vlashkin ... ein jüngerer Mann mit pechschwarzem Haar, lebhaft auf rastlosen Füßen, ein schlaues Mundwerk. Ein halbes Jahrhundert später, am Ende des Stücks, kam er wieder heraus, ein grauer Philosoph, ein Gelehrter des Lebens, nur vom Bücherlesen, seine Hände weich wie Seide ... Ich weinte, wenn man denkt, wer ich war – nichts – und solch ein Mann konnte mich mit Interesse ansehen.

Dann bekam ich eine kleine Lohnerhöhung, weil, er hat ein gutes Wort für mich eingelegt, und außerdem gewährte man mir für fünfzig Cents pro Abend das Vergnügen, zusammen mit Vettern, Verschwägerten und bloß jungen Theaternarren an einer Massenszene teilzunehmen und so, wie er sie sah, jeden Abend die Hunderte von blassen Gesichtern zu sehen, die darauf warteten, daß seine Gefühle sie zum Lachen bringen oder ihre Köpfe voll Kummer niederbeugen sollten.

Der traurige Tag kam, ich gab meiner Mama den Abschiedskuß. Vlashkin half mir, ein erschwingliches

Zimmer in der Nähe des Theaters zu finden, um freier zu sein. Ferner würde mein hervorragender Freund einen Ort haben, um auszuspannen, fern vom Lärm der Garderoben. Sie weinte und sie weinte. »Das ist eine andere Lebensform, Mama«, sagte ich. »Außerdem treibt mich die Liebe.«

»Du! Du, ein Nichts, ein verdorbenes Loch in einem Stück Käse, willst du mir erzählen, was das Leben ist?« schrie sie.

Sehr gekränkt ging ich von ihr fort. Aber ich bin gutmütig – weißt du, dicke Menschen sind so –, freundlich, und ich dachte bei mir, arme Mama ... es ist wahr, sie hat mehr Ahnung vom Leben als ich. Sie hat einen geheiratet, den sie nicht mochte, ein kranker Mann, sein Geist war schon von Gott verschlungen. Er wusch sich nie. Er hatte einen unglücklichen Geruch. Seine Zähne fielen aus, sein Haar verschwand, er wurde kleiner, schrumpfte nach und nach ein, bis er, adieu und viel Glück, dahin war und Mama nur wieder in den Sinn kam, wenn sie zum Briefkasten unter der Treppe ging, um die Elektrorechnung zu holen. Im Andenken an ihn und aus Achtung für die Menschheit beschloß ich, für die Liebe zu leben.

Lach nicht, du unwissendes Mädchen.

Glaubst du, es war leicht für mich? Ich mußte Mama ein bißchen was geben. Ruthie sparte zusammen mit deinem Papa auf Wäsche, ein paar Messer und Gabeln. Morgens mußte ich Akkordarbeit machen, wenn ich auf eigenen Füßen stehen wollte. Also machte ich Blumen. Bis zur Mittagszeit wuchs täglich ein ganzer Garten auf meinem Tisch.

Das war meine Unabhängigkeit, kleine Lillie, blühend, aber sie hatte keine Wurzeln, und ihr Angesicht war aus Papier.

Mittlerweile war Krimberg auch hinter mir her. Ohne Zweifel beobachtete er den Erfolg von Vlashkin und dachte: »Aha, Sesam öffne dich ...« Andere in der Truppe desgleichen. Hinter mir her waren in jenen Jahren die folgenden: Krimberg wie gesagt. Carl Zimmer, spielte unschuldige junge Kerle mit einer Perücke. Charlie Peel, ein Christ, der nur zufällig in die Suppe gefallen war, ein Schöpfer wunderbarer Ausstattungen. »Farbe steht bei ihm schon im Geburtsschein«, sagt Vlashkin, immer den Nagel auf den Kopf.

Ich füge das ein, um dir zu zeigen, daß deine dicke alte Tante nicht verrückt war aus Einsamkeit. In jenen geräuschvollen Jahren hatte ich Freunde unter interessanten Leuten, die mich aus Gründen der Jugend bewunderten und weil ich erstklassig zuhören konnte.

Die Schauspielerinnen – Raisele, Marya, Esther Leopold – dachten nur an morgen. Hinter ihnen her waren die reichen Männer, Produzenten, das ganze Kleiderviertel; ihre Vergangenheit ist ein Nadelkissen, Zukunft ein Nadelöhr.

Schließlich kam der Tag, da konnte ich mein Taktgefühl nicht mehr im Mund behalten. Ich sagte: »Vlashkin, ich höre von Brieftauben, du hast eine Frau, Kinder, die ganze Garnitur.«

»Richtig, ich erzähle keine Geschichten. Ich mach dir nichts vor.«

»Darum geht es nicht. Was ist das für eine Dame? Es ist mir unangenehm zu fragen, aber erzähl es mir,

Vlashkin . . . das Leben eines Mannes ist etwas, wo ich nicht klar sehe.«

»Kleines, ich habe dir hundertmal gesagt, dieses kleine Zimmer ist die klösterliche Zuflucht meines schwergeprüften Geistes. Hierher begebe ich mich unter dein unschuldiges Obdach, mich zu erfrischen inmitten eines vielgeplagten Lebens.«

»Ach, Vlashkin, im Ernst, im Ernst, wer ist diese Dame?«

»Rosie, sie ist eine ordentliche Frau aus den gehobenen Schichten, meinen Kindern eine gute Mutter, drei an der Zahl, alles Mädchen, eine gute Köchin, gutaussehend in ihrer Jugend, jetzt nicht mehr jung. Siehst du, könnte ich offener sein? Ich vertraue dir, Liebe, meine Seele an.«

Es war ein paar Monate später auf dem Neujahrsball des Clubs russischer Künstler, da traf ich Frau Vlashkin, eine Frau mit schwarzem Haar und einem tiefen Knoten, aufrecht und zu stolz. Sie saß an einem kleinen Tisch und sprach mit tiefer Stimme mit jedem, der für eine kurze Unterhaltung stehenblieb. Ihr Jiddisch war perfekt, jedes Wort geschliffen wie ein Edelstein. Ich sah sie an. Sie bemerkte mich, wie sie jeden bemerkte, kalt wie ein Weihnachtsmorgen. Dann wurde sie müde. Vlashkin besorgte ein Taxi, und ich sah sie nie wieder. Arme Frau, sie wußte nicht, daß ich mit ihr auf derselben Bühne stand. Daß ich Gift war für ihre Rolle, das wußte sie nicht.

Später in jener Nacht vor meiner Tür sagte ich zu Vlashkin: »Nicht mehr. Das ist nichts für mich. Mir wird schlecht von all dem. Ich zerstöre keine Familien.«

»Kindchen«, sagte er, »sei nicht albern.«
»Nein, nein, adieu und viel Glück«, sagte ich. »Ich mein es ernst.«
Also ging ich und blieb bei Mama für eine Woche Ferien und räumte all die Wandschränke auf und scheuerte die Wände, bis die Farbe runterkam. Sie war sehr dankbar, trotzdem ließ ihr hartes Leben sie sagen: »Da haben wir das dicke Ende. Wer wie ein Irrer lebt, der wird auch einer.«
Nach den paar Tagen kehrte ich in mein Leben zurück. Wenn wir uns trafen, ich und Vlashkin, sagten wir bloß Hallo und Adieu, und dann, ein paar traurige Jahre lang, nickten wir mit dem Kopf, als wollten wir sagen: »Ja, ja, ich weiß, wer du bist.«
Mittlerweile herrschte an der Front eine ganz neue Strategie. Deine Mama und deine Großmama trugen Früchte – Knaben. Dein eigener Vater hatte einen Bruder, du hast ihn noch nicht mal gesehen. Ruben. Ein ernster Junge, sein Idealismus war sein Hut und sein Mantel: »Rosie, ich biete dir ein großes neues freies glückliches ungewöhnliches Leben.« Wie? »Mit mir, wir erwecken die Sandwüsten Palästinas und werden eine Nation. Das ist das Land von morgen für uns Juden.« – »Haha, Ruben, dann geh ich eben erst morgen.« – »Rosie!« sagte Ruben. »Wir brauchen starke Frauen wie dich, Mütter und Bäuerinnen.« – »Du kannst mir nichts vormachen, Ruben, was ihr braucht, sind Bierpferde. Aber dafür braucht ihr mehr Geld.« – »Deine Einstellung gefällt mir nicht, Rose.« – »Wenn das so ist, dann geh und mehre dich. Adieu.«
Ein anderer Bursche: Yonkel Gurstein, ein prima Kerl,

todschick angezogen, mit so einer erregbaren Natur. In jenen Tagen – mir kommt es wie gestern vor – trugen die jüngsten Mädchen Untergewänder wie Battle Creek, Michigan. Für ihn war es eine Sache von Sekunden. Wo hat er geübt, ein jüdischer Junge? Heute, nehme ich an, ist es leichter, Lillie? Meine Güte, ich sag ja überhaupt nichts – sensibel, sensibel ...

Naja, inzwischen wirst du wohl selber wissen, Liebling, was man auch tut, das Leben steht nicht still. Es bleibt nur eine Minute sitzen und träumt einen Traum.

Während ich zu all diesen albernen Jungen »nein, nein, nein« sagte, ging Vlashkin nach Europa und machte mehrere Saisons Tourneen ... Moskau, Prag, London, sogar Berlin – bereits ein pessimistischer Ort. Als er zurückkam, schrieb er ein Buch, du könntest es heute noch in der Bibliothek bekommen, *Der jüdische Schauspieler im Ausland*. Wenn du eines Tages genug Interesse für meine einsamen Jahre hast, könntest du es lesen. Du könntest einen Hauch von diesem Mann mitbekommen aus dem Buch. Nein, nein, ich bin nicht erwähnt. Schließlich, wer bin ich?

Als das Buch herauskam, hielt ich ihn auf der Straße an, um ihm zu gratulieren. Aber ich bin kein Lügner, also wies ich auch auf die Selbstgefälligkeit an vielen Stellen hin – sogar die Kritiker sagten etwas in der Art. »Reden kostet nichts«, antwortete mir Vlashkin. »Aber wer sind die Kritiker? Sag doch, sind sie schöpferisch? Ganz zu schweigen davon«, fährt er fort, »da gibt es eine Zeile bei Shakespeare in einem der Stücke aus der großen Geschichte Englands. Sie heißt: ›Geringre Sünde ist's, o Knecht, sich selbst zu lieben, denn zu übersehn.‹

Diese Idee erscheint in neueren Zeiten auch bei den moralistischen Nachfolgern von Freud ... Rosie, hörst du zu? Du hast etwas gefragt. Übrigens, du siehst sehr gut aus. Wie kommt's, kein Ehering?«

Ich ging von diesem Gespräch in Tränen weg. Aber dies Reden auf der Straße eröffnete den glücklichen Weg für weiteren Meinungsaustausch. Im Hinblick auf viele Dinge ... Zum Beispiel die Intendanz – sehr engstirnig – wollte ihm gewisse Rollen von jungen Männern nicht mehr geben. Dummköpfe. Welcher ganz junge Mann wußte genug über das Leben, daß er so jung sein konnte wie er?

»Rosie, Rosie«, sagte er eines Tages zu mir, »ich sehe an der Uhr auf deinem rosigen, rosigen Gesicht, du mußt dreißig sein.«

»Die Zeiger gehen nach, Vlashkin. Donnerstag vor einer Woche bin ich vierunddreißig geworden.«

»So ist das also? Rosie, ich mach mir Sorgen um dich. Ich wollte schon lange mit dir sprechen. Du verlierst deine Zeit. Verstehst du das? Eine Frau sollte ihre Zeit nicht verlieren.«

»Oi, Vlashkin, wenn du mein Freund bist, was heißt dann Zeit?«

Darauf hatte er keine Antwort, sah mich nur überrascht an. Statt dessen gingen wir, voller Interesse, aber nicht mit unserer früheren Geschwindigkeit, zu meiner neuen Wohnung in der 94. Straße. Dieselben Bilder an der Wand, alle von Vlashkin, bloß jetzt alles rot und schwarz gestrichen, was schick war, und neue Polstermöbel.

Vor ein paar Jahren gab es ein Buch von einem andern

Mitglied jener hervorragenden Truppe, einer Schauspielerin, der, die sehr gut Englisch gelernt hat und in die obere Stadt gekommen ist – Marya Kavkaz, in dem sie gewisse Dinge über Vlashkin sagt. Zum Beispiel, daß er elf Jahre ihr Liebhaber war, sie schämte sich nicht, das aufzuschreiben. Ohne Rücksicht auf ihn, seine Frau und Kinder oder auch andere, die bei dieser Angelegenheit ebenfalls Gefühle haben.

Nun, Lillie, du brauchst dich nicht zu wundern. Das nennt man eine Tatsache des Lebens. Die Seele eines Schauspielers muß wie ein Diamant sein. Je mehr Facetten er hat, desto strahlender ist sein Name. Schätzchen, du wirst ohne Zweifel *einen* Mann lieben und heiraten und ein paar Kinder haben und auf ewig glücklich sein, bis du müde stirbst. Mehr noch, ein Mensch wie wir braucht nichts zu wissen. Aber ein großer Künstler wie Volodya Vlashkin ... wenn er auf der Bühne etwas darstellen will, muß er üben. Ich verstehe es jetzt, Leben ist für ihn wie eine Probe.

Ich jedenfalls, als ich ihn in *Der Schwiegervater* sah – ein älterer Mann liebt ein entzückendes junges Mädchen, die Frau seines Sohnes, gespielt von Raisele Maisel –, ich habe geweint. Was er zu diesem Mädchen sagte, wie er Dinge von solcher Süße flüsterte, wie ihm all seine heißen Gefühle auf dem Gesicht geschrieben standen ... Lillie, all diese Erfahrungen hatte er mit mir. Es waren sogar dieselben Worte. Du kannst dir vorstellen, wie stolz ich war.

So schleicht die Geschichte ihrem Ende zu.

Ich entdeckte sie zuerst auf dem Gesicht meiner Mutter, die elende Handschrift der Zeit, ihre Wangen auf und

ab gekritzelt, über ihre Stirn rückwärts und vorwärts – ein Kind konnte es lesen –, es hieß: alt, alt, alt. Aber es betrübte mein Herz am meisten, diese Realitäten in Vlashkins wunderbaren Ausdruck gekratzt zu sehen.
Zuerst fiel die Truppe auseinander. Das Theater hörte auf. Esther Leopold starb daran, daß sie sehr alt war. Krimberg hatte einen Herzanfall. Marya ging an den Broadway. Ferner änderte Raisele ihren Namen in Roslyn und war eine große komische Kanone im Film. Vlashkin selbst, wo sollte er hingehen, zog sich ins Privatleben zurück. In der Zeitung stand: »Als Schauspieler von einsamer Klasse wird er seine Memoiren schreiben und seine letzten Jahre im Schoße der Familie unter seinen blühenden Enkelkindern verbringen, der Augapfel seiner anbetenden Gattin.«
Das ist Journalismus.
Wir veranstalteten ein großes Abschiedsessen ihm zu Ehren. Bei diesem Essen sagte ich zu ihm, zum letztenmal, dachte ich: »Adieu, lieber Freund, Thema meines Lebens, jetzt trennen wir uns.« Und zu mir selbst sagte ich noch: zu Ende. Dies ist mein einsames Bett. Eine Dame, fett und fünfzig, wie man so sagt. Du hast es selbst gemacht. Aus diesem einsamen Bett wirst du schließlich in ein anderes, nicht so einsames fallen, bloß überfüllt mit Millionen Knochen.
Und jetzt kommt? Rate mal, Lillie.
Letzte Woche, ich wasche grade meine Unterwäsche im Becken, klingelt bei mir das Telefon. »Verzeihung, spricht da Rose Lieber, früher beim Russian Art Theater?«
»Am Apparat.«

»Nun, nun, wie geht's, Rose? Hier ist Vlashkin.«
»Vlashkin! Volodya Vlashkin?«
»Genau. Wie geht es dir, Rose?«
»Ich lebe, Vlashkin, danke.«
»Geht es dir gut? Wirklich, Rose? Du bist gesund? Du arbeitest?«
»Meine Gesundheit ist erstklassig, für das Gewicht, das sie tragen muß. Seit ein paar Jahren bin ich wieder da, wo ich angefangen habe, bei Modeneuheiten.«
»Sehr interessant.«
»Hör zu, Vlashkin, sag mir die Wahrheit, was hast du auf dem Herzen?«
»Auf dem Herzen? Rosie, ich melde mich bei einer alten Freundin, einer alten warmherzigen Gefährtin aus schöneren Tagen. Meine Verhältnisse haben sich übrigens geändert. Ich habe mich aus dem Beruf zurückgezogen, das weißt du ja. Außerdem bin ich ein freier Mann.«
»Was? Was meinst du damit?«
»Frau Vlashkin läßt sich scheiden.«
»Was ist über sie gekommen? Hast du angefangen zu trinken oder so was, aus Melancholie?«
»Sie läßt sich wegen Ehebruch scheiden.«
»Aber Vlashkin, entschuldige bitte, ich will dich nicht kränken, aber du bist vielleicht siebzehn, achtzehn Jahre älter als ich, und sogar bei mir, all dieser Unsinn – diese Tagträume und Nachtmare –, das taugt doch im großen und ganzen bloß noch für ein nettes Gespräch.«
»Ich hab ihr das alles auseinandergesetzt. Meine Liebe, sagte ich, meine Zeit ist vorbei, mein Blut ist so trocken wie meine Knochen. Die Wahrheit ist, Rose, sie ist nicht

daran gewöhnt, den ganzen Tag einen Mann um sich zu haben, der aus der Zeitung laut die interessanten Ereignisse unserer Zeit vorliest, aufs Frühstück wartet, aufs Mittagessen wartet. So wird sie im Laufe des Tages immer wütender. Gegen Abend gibt eine wildgewordene alte Dame mir das Nachtessen. Sie hat Informationen aus den letzten fünfzig Jahren, mit denen sie meine Suppe pfeffert. Es gab da natürlich einen Judas im Theater, der jeden Tag sagte: ›Vlashkin, Vlashkin, Vlashkin ...‹ und während mein Herz von seinem Lächeln lebte, hing er am Draht und gab den Zauber an meine Frau weiter.«

»So ein albernes Ende, Volodya, nach so einer lebhaften Geschichte. Was sind deine Pläne?«

»Erstens, darf ich dich zum Essen einladen und ins Theater, in die Oberstadt natürlich? Nach all dem ... wir sind doch alte Freunde. Ich habe Geld wie Heu. Was dein Herz begehrt. Andere sind wie Gras, der Nordwind der Zeit hat ihnen das Herz herausgeschnitten. Aus dir, Rosie, schöpfe ich nur Freundlichkeit. Was eine Frau einem Mann sein soll, das warst du mir. Glaubst du nicht, Rosie, daß ein paar alte Kameraden wie wir noch hin und wieder ein paar schöne Stunden haben könnten mit den materiellen Dingen dieser Welt?«

Meine Antwort, Lillie, stehenden Fußes, war ganz und gar. »Ja, ja, komm rauf«, sagte ich. »Frag in der Telefonzentrale nach meiner Wohnung, wir wollen reden.« Also kam er den Abend und jeden Abend in der Woche, wir sprachen von seinem langen Leben. Sogar am Ende der Zeit ein faszinierender Mann. Und wie die Männer sind, versuchte er auch bis ans Ende der Zeit ungeschoren davonzukommen.

»Hör zu, Rosie«, erklärt er neulich. »Ich war mit meiner Frau verheiratet, ungefähr ein halbes Jahrhundert, ist dir das klar. Wozu war es gut? Sieh nur all die Bitterkeit. Je mehr ich darüber nachdenke, desto mehr glaube ich, es wäre dumm von uns zu heiraten.«

»Volodya Vlashkin«, sagte ich ihm geradeheraus, »als ich jung war, habe ich deinen kalten Rücken manche Nacht gewärmt, ohne Aufhebens. Das mußt du zugeben, ich hab nichts verlangt. Ich war weichherzig. Ich wollte nicht, daß man Rosie Lieber nachsagte, sie zerstöre Familien. Aber jetzt, Vlashkin, bist du ein freier Mann. Wie könntest du mich mit dir in Zügen fahren und in fremden Hotels übernachten lassen, unter Amerikanern, ohne daß ich deine Frau bin? Schäm dich.«

Nun also, liebste Lillie, erzähl deiner Mama diese Geschichte aus deinem jungen Munde. Von mir will sie ja kein Wort hören. Sie kreischt nur: »Ich kann nicht mehr, ich kann nicht mehr.« Erzähl ihr, daß ich schließlich doch noch einen Mann haben werde, was, wie allgemein bekannt ist, eine Frau sollte, mindestens einen, bevor die Geschichte zu Ende ist.

Meine Güte, ich bin schon zu spät dran. Gib mir einen Kuß. Schließlich hab ich dich aufwachsen sehen vom Samenkorn an. Gib mir also ein paar gute Wünsche zum Hochzeitstag mit. Ein langes und glückliches Leben. Viele Jahre voller Liebe. Nimm Mama in die Arme, sag ihr von Tante Rose adieu und viel Glück.

Eine Frau, jung und alt

Meine Mutter wurde vor nicht allzu langer Zeit von meiner Großmama geboren, die noch eine Menge in die Welt gesetzt hat, Mädchen und Jungen, und alle haben von vorne angefangen. Es war eigentlich weniger Liebe, sagte Großmama, aber sie konnte nie das Kind beim rechten Namen nennen. Sie war phantasiebegabt, las den ganzen Tag Geschichten und seufzte die ganze Nacht, bis mein Großpapa, um überhaupt an sie ranzukommen, jenes besondere Mittel benutzen mußte.

Das war die Hauptschwierigkeit. Meine Mutter war traurig, daß sie so von Geschwistern umgeben war, und keins gutmütiger als sie. Es hängt alles mit der Brutalität in unserer Luft zusammen, sagt eine Theorie – Kriege, Betrug, zerbrochene Familien, all die Unheilbarkeit des modernen Lebens. Meine Mutter setzt sich mit ihrem Problem auseinander, indem sie schreit.

Sie schwört, sie würde nicht schreien, wenn sie einen eigenen Mann hätte, aber alle Tanten und Onkel, alleinstehend oder verheiratet, sind laut. Mein Großpapa ist nicht nur laut, er schlägt auch Leute zusammen, das heißt – Familienangehörige. Er hat meine Mutter jeden Tag verhauen, ihr ganzes Leben. Wenn mich jemals irgendwer anfaßte, den würd ich zu Fallout verarbeiten.

Großmama hebt ihr ganzes Kleingeld für uns auf. Mein Onkel Johnson ist in der Klapsmühle. Die andern sind hier und jetzt, aber Tante Liz ist siebzehn, und meine Mutter redet mit ihr, als ob sie schon ganz erwachsen wäre. Grade neulich hat sie ihr erzählt, daß sie unbedingt einen Mann haben müßte, einen richtigen, und daß sie es satt hätte, zwei Mädchen in einer Welt großzuziehen, die so verflucht von Phallussymbolen strotzte. Lizzy sagte, ja, sie wußte, wie es war, die Zeit plätscherte vorbei, und was man brauchte, war eine starke freundliche Hand am Rocksaum. Solche Sachen muß die Akustik in diesem Schuppen schlucken.

Mein Vater, hat man mir einige hundertmal gesagt, war ein richtig umwerfender Romane. Voller *savoir-faire, joie de vivre* und so weiter. Sie liebten sich ganz tief und unwiderruflich, bis Joanna und ich alles widerrufen haben. Mutter will nicht, daß ich mich zurückgestoßen fühle, aber sie will sich selbst auch nicht zurückgestoßen fühlen, darum sagt sie, daß *ich* zu laut war und jede Nacht geschrien habe. Und dann war Joanna die endgültige Katastrophe und wollte den Titi den ganzen Tag *und* die ganze Nacht. ». . . eine Frau«, sagte er, »ist eine herrliche Geliebte, bis die Kinder kommen, und dann . . .« Er pflegte es mit einer französischen Wendung in der Schwebe zu lassen, aber immer, wenn ich *les enfants* hörte, habe ich Spielzeug nach ihm geworfen, weil ich seine beleidigende Absicht erriet. Er sagte statt dessen *les filles*, aber ich kriegte diese schäbige Ausflucht im Nu heraus. Wir knufften ihn mit Lärm und Spielzeug, aber unsere Zuneigung war ihm eine schwere Last, meint Mutter, und eines Tages kam er nicht zum Abendbrot nach Hause.

Mutter blieb auf und las *Le Monde*, aber er kam um Mitternacht nicht nach Hause, um mit ihr zu schlafen. Er verpaßte Frühstück und Mittagessen am nächsten Tag. Ja, wo ist er jetzt? In der Résistance gefallen, sagt

Mutter. Eine Postkarte nach zwei Wochen teilte ihr mit und noch uns allen, wenn sie herumgereicht wird: »Fünf Jahre lang war ich einsam ohne Frankreich. Jetzt muß ich für den Rest meines Lebens einsam sein ohne dich.«

»Du bist reingerasselt, Mutter«, sagte ich eines Tages, als wir das Abendessen machten.

»Reingerasselt?« murrte sie. »Du sprichst eine andere Sprache als ich. Du weißt überhaupt noch nichts, du warst ja noch nicht mal geboren. Du weißt ganz genau, Unglück hin oder her, ich würde wieder einen Franzosen nehmen. – Oh, Josephine«, fuhr sie fort, wobei ihre Stimme sich scharf auf die Schallgrenze zu bewegte, »oh, Josephine, für diese Giftzwerge in diesem elenden Land bin ich bloß ein Witz, richtig haha. Aber da drüben würden sie mich verstehen. Sie würden einfach fühlen, wie ich mich danach verzehre, ihnen zu begegnen. Lausige Grammatik und alles, egal, ich schwöre, auf Französisch könnte ich Shakespeare schreiben.«

Ich wandte mich verzweifelt ab. Mir war zum Heulen.

»Lach nicht«, sagte sie, »eines Tages werde ich per Air France verschwinden und euch alle mit einem netten lockigen Franzosen überraschen, genau wie euer Pappi. Oh, wie du deinen Vater geliebt hättest. Als heranwachsendes Mädchen dauernd einen solchen Mann in der Nähe zu haben. Du würdest mir dankbar sein.«

»Ich bin dir auch so dankbar, liebste Mutter«, antwortete ich, »aber behalt deinen Geschmack für dich. Wenn ich so alt bin wie Tante Lizzy, mag ich vielleicht amerikanische Soldaten. Oder einen vom Marinecorps, glaub ich. Ich mag jetzt schon ein paar Soldaten, besonders Korporal Brownstar.«

»*So* stellst du dir einen Mann vor?« fragte Mutter, grob vor lauter Verachtung.

Dann ließ sie sich Korporal Brownstar nochmals durch den Kopf gehen. »Naja, vielleicht hast du recht. Diese Stiefel, die so stark aussehen . . . Sehr männlich.«

»Oh?«

»Ich weiß, ich weiß. Ich bin eine künstlerische Natur und habe manchmal zwei Ansichten zugleich. Es ist mir klar, daß Lizzy mit ihm geht und daß es schon was ausmacht. Sieh Lizzy an, und du siehst das Mädchen, das dein Vater sah. Genau wie ich. Wunderbare Haltung. Fabelhafte Muskelspannung. Sie könnte jeden Mann haben, den sie wollte.«

»Sie hat schon ein paar gehabt, die sie wollte.«

Genau in dem Augenblick kam Großmama, Bankier im rechten Augenblick, herein, stolz, daß sie $ 4.65 für uns gespart hatte. »Puh, ist mir warm«, seufzte sie. »Na, hier ist es. Jetzt ein nettes Essen Marvine, ich bitte dich, streng dich ein bißchen an. Josie, lauf und hol eine Avocado, und Marvine, bitte sei nicht kleinlich mit der Butter. Und Josie, Liebling, es ist schrecklich warm draußen, und deiner Mama macht es nichts aus. Du bist schon beinah eine junge Dame. Möchtest du einen Schluck eiskaltes Bier?«

War das nicht rücksichtsvoll? Um das Kompliment zu erwidern, trank ich ein halbes Glas, obwohl ich das Gesöff nicht ausstehen kann. Wir brieten und dämpften und schnitten und hackten, und es war ein wunderbares Essen. Ich machte die Kocherei, und Mutter machte die Soßen. Wir triezten sie mit Erinnerungen, bei denen einem das Wasser im Munde zusammenlief, an andere feinschmeckerischere Zeiten, und schlicht geschmeichelt machte sie eine Soße zuviel, die wir dann zum Nachtisch aßen, auf Salzkräckern zu eisgekühltem *café au lait.* Während ich das Geschirr abräumte, saß Joanna, jedermanns Herzblättchen, auf Großmamas Schoß und erzählte ihr aber auch jedes einzelne glaubhafte Detail von ihren täglichen acht Stunden Sommerferienlager.

»Frauen«, sagte Großmama voller Anerkennung, »sind mein ganzes Leben Freude und Trost für mich gewesen. Von Anfang an war ich all den kleinen Mädchen zugetan mit ihren sauberen Gesichtern und ihren aufmerksamen Ohren ...«

»Männer sind anders als Frauen«, sagte Joanna, und das ist alles, was sie in dieser ganzen Geschichte sagt.

»Das ist wahr«, sagte Großmama, »es waren die Männer, die mir immer Sorgen gemacht haben. Männer und Jungen ... ich nehme an, ich verstehe sie nicht. Aber wenn man folgerichtig darüber nachdenkt, einer nach dem andern, Johnson, Revere und Drummond ... wo haben sie schließlich alle angefangen, wenn nicht bei mir? Aber sie alle, alle alle alle, jeder einzelne von ihnen ist fort, weit weg mit Leib und Seele.«

»Ach, Großmama«, sagte ich in der Hoffnung, sie zu trösten, »sie waren sowieso alle so quengelig. Ich vermisse sie kein bißchen.«

Großmama sah mich kläglich an. »Söhne sind bei allen so«, erklärte sie, »erst quengelig und dann weg.«

Danach saß sie in sorgenvollem Gram. Joanna ringelte sich um das Kissen zu ihren Füßen, umarmte es und schlief. Mutter holte ihren *Le Monde* von der letzten

Woche aus der Klavierbank und beruhigte sich mit einer Geschichte von einem Bauern in der Provence, der seine Nichte vergewaltigt und seine Mutter ermordet hatte und dann achtunddreißig Jahre glücklich lebte bis in sein geachtetes hohes Alter, bis der neugierige Präfekt ihm auf die Schliche kam. Sie übersetzte es in unsere abgeleitete Muttersprache, während ich das Geschirr abwusch.

Die Nacht kam und die Kommunikation wurde schließlich wieder belebt durch unsere Klingel, die voller Initiative ist. Es war Lizzy, und den Korporal Brownstar brachte sie mit. Wir schickten Joanna, Bier und Sprudel holen, und der Tanz fing gleich an. Er tanzte freundschaftlich mit allen. Ich entwischte für einen Augenblick in mein Zimmer und malte eine Menge Lippenstift ordentlich auf meinen großen Mund und hakte einen auswärts schielenden Büstenhalter um meine Rippen, damit er merkte, daß ich älter war als Joanna.

Er sagte zu mir: »Du bist zum Anbeißen, was du mal für'n Mädchen wirst, Alice im Wunderland.«

»Ich bin schon ein Mädchen, Korporal.«

»Ach *sooo*«, sagte er und drückte meinen linken Hintern.

Lizzy reichte den Punsch herum und verteilte Ritzkräcker und tanzte immer mit Mutter und Joanna, wenn der Korporal mit mir tanzte. Sie sah mit Entzücken, daß er so beliebt war, und es entging ihrem glücklichen Kopf einfach, daß er der einzige anwesende Mann war. Auf dem Höhepunkt des Abends sagte er: »Nennt mich doch alle Browny.«

Dann sangen wir Luftwaffenlieder bis zwei Uhr morgens, und Großmama sagte, die Lieder hätten sich seit ihrem Krieg nicht sehr verändert. »Die Soldaten sind allerdings jünger«, sagte sie. »Mein Sohn, du siehst aus, als machte sich deine Mutter noch Sorgen um dich.«

»Kein Grund, sich um mich Sorgen zu machen, ich hab eine Masse Eisen im Feuer. Ich werde dauernd befördert, selbstverständlich. Von Kopf bis Fuß«, sagte er und zwinkerte Lizzy zu. »Bei mir ist alles o.k. ... Übrigens«, fuhr er fort, »könntet ihr mich wohl unterbringen? Es macht mir nichts aus, auf dem Fußboden zu schlafen.«

»Fußboden?« ereiferte sich Mutter. »Bist du von allen guten Geistern verlassen? Ein Soldat der Republik. Mein Gott! Wir haben ein Feldbett. Du weißt schon ... ein Armeefeldbett. Stell es auf und schlaf den Schlaf der Gerechten, Korporal.«

»Ach du meine Güte«, gähnte Großmama, »wo wir grade übers Bett reden – Marvine, dein Papa muß inzwischen zu Hause sein. Ich mach mich besser auf den Weg.«

Browny beschloß höflich, Lizzy und Großmama nach Hause zu bringen. Bis er zurückkam, hatten Mutter und Joanna ihre einsamen Arme umeinandergewikkelt und waren eingeschlafen.

Ich beobachtete ihn listig durch die Falten, wie er sich schrubbte, ohne auf seine Haut zu achten. Dann, glänzend und nackt, kroch er zur Gänze zwischen die Bettlaken.

Ich entschuhte mich und schlich auf Zehenspitzen in die Küche. Ich goß ihm ein kühles Bier ein. Ich ging gerade-

wegs zu ihm und setzte mich neben ihn. »Hier ist ein schönes Bier, Browny. Ich dachte, dir ist vielleicht heiß nach so einem langen Weg.«
»Ja so, danke, Alice, Süße, Pudding und Brei, mir ist allerdings ganz verflucht heiß. Du bist ein guter Kumpel.«
Er hievte sich hoch und verleibte sich dieses Bier mit einem einzigen Schluck ein. Ich sah ihn an bis runter zu seinem Bauchknopf. Er stellte das leere Glas auf den Boden und grinste mich an. Er rülpste mir zum Spaß ins Gesicht, und dann mußte ich die Wahrheit sagen. »Oh, Browny«, sagte ich, »ich lieb dich so.« Ich schlang meine Arme um seine Mitte und schmiegte mein Gesicht in die goldenen Haare seiner Brust.
»He, Pudding, immer mit der Ruhe. Ich mag dich auch. Du bist eine Puppe.«
Dann küßte ich ihn richtig auf den Mund.
»Josephine, wer, zum Teufel, hat dir das beigebracht?«
»Ich hab es mir selbst beigebracht. Ich hab auf meinem Handgelenk geübt. Siehst du?«
»Josephine!« sagte er wieder. »Josephine, du schwindelst. Du schwindelst ganz verflucht!«
Danach wuchs seine Zuneigung, und er drückte mich auch und küßte mich richtig auf den Mund.
»Na«, zog ich ihn auf, »wer hat dir das beigebracht? Lizzy?«
»Hör doch auf«, sagte er, und je mehr er mich liebte, desto weniger Konversation ließ er zu.
Ich legte mich neben ihn, ich war wirklich überrascht, wie sich die Form eines Mannes durch seine Gefühle verändert. Er liebte mich über und über, und um zu

zeigen, daß ich verstand, worum es ging, flüsterte ich: »Browny, was willst du? Browny, willst du es tun?«
Also! Da sprang er aus dem Bett und klatschte sich das Laken um die Schultern und stöhnte: »Oh, Jesus Christus ... Oh«, sagte er, »ich könnte ins Gefängnis kommen. Ich könnte von der Militärpolizei abgeholt werden und den Rest meines Lebens hinter Gittern verbringen.« Er sah mich an. »Um Himmels willen knöpf dein Hemd zu. Deine Mutter muß jeden Augenblick aufwachen.«
»Browny, was ist los?«
»Du bist ein Kind, und du bist verdammt noch mal raffinierter, als gut ist für dich. Verstehst du nicht? Das könnte mein ganzes Leben ruinieren.«
»Aber Browny ...«
»In was für Schwierigkeiten ich kommen könnte! Degradiert könnte ich werden. Du bist ein Baby. Es ist ein Witz. Man könnte ein Baby wie dich heiraten, aber es ist kriminell, dir die Hand auf die Schulter zu legen. Das ist witzig, hahaha.«
»Oh, Browny, ich wäre gern mit dir verheiratet.«
Er setzte sich auf die Kante seines Feldbetts und zog mich auf seinen Schoß. »Herrjeh, was für ein komischer Kerl du bist. Hast du mich wirklich so gern?«
»Ich liebe dich. Ich wäre eine erstklassige Frau, Browny – weißt du, daß ich das ganze Haus hier versorge? Wenn Mutter nicht arbeitet, verbringt sie die ganze Zeit damit, über Pappi nachzugrübeln. Ich bin diejenige, die jeden Tag Joannas Haar einlegt. *Ich* bügle ihre Kleider. Ich könnte sogar ein Kind mit dir haben, Browny, ich weiß wie man –«

»Nein! Oh, nein. Laß dir das bloß nie von irgendwem einreden. Nicht bis du achtzehn bist. Du mußt niedlich bleiben wie eine Puppe und deine Haut nicht ausdehnen, bis du mindestens achtzehn bist.«

»Browny, wirst du nicht einsam in dem Lager? Ich meine, wenn Lizzy nicht da ist und ich nicht da bin ... Findest du nicht, daß ich eine gute Figur habe?«

»Oh, ich nehme es an ...« lachte er und legte warm seine Hand unter mein Hemd. »Sie ist ganz verdammt gut, wenn man bedenkt, daß sie noch nicht mal ganz ausgebacken ist.«

Ich konnte meine Sehnsucht nicht unterdrücken und küßte ihn wieder richtig in seinen redenden Mund und schmatz gegen seine Zähne. »Oh, Browny, ich würde für dich sorgen.«

»O.k., o.k.«, sagte er und stieß mich freundlich weg. »O.k., jetzt hör mal zu, geh schlafen, bevor wir uns wirklich in die Tinte setzen. Geh schlafen. Du bist ein süßes Kind. Schlaf drüber. Du hast noch nicht mal damit angefangen zu sehen, wie weit die Welt ist. Es ist verblüffend, sogar für einen Mann wie mich.«

»Aber mein Entschluß steht fest.«

»Geh schlafen, geh schlafen«, sagte er; er hielt meine Hand noch und tätschelte sie. »Du siehst jetzt fast wie Lizzy aus.«

»Oh, ich bin aber anders. Ich weiß, was ich will.«

»Geh schlafen, kleines Mädchen«, sagte er zum letzten Mal. Ich nahm seine Hand und küßte jede braune Fingerspitze und rannte dann in mein Zimmer und zog all meine Kleider aus und schlief, nackt wie meine einsame Seele.

Der nächste Tag war ein Sonnabend, und ich war froh darüber. Mutter arbeitet das ganze Wochenende als Kellnerin im Paris Coffee House, wo sie von den Kellnern Französisch lernt, seit Pappi verschwunden ist. Sie ist glücklich, weil sie ihre Arbeit wirklich liebt; sie ist vernarrt in die Kunden, den Kaffee, das Dekor und ist erst unglücklich, wenn sie nach Hause kommt.
Ich machte ihr das Frühstück auf der vorderen Veranda gegen zehn Uhr, und Joanna brachte sie zum Bus. »Koch dem Korporal ein paar von den gefrorenen Würstchen«, rief sie in ihrer mittleren Lautstärke.
Ich hoffte, er würde aufwachen, damit wir uns wieder ein bißchen ans Lieben machen könnten, aber statt dessen trat Lizzy über unsere durchgesackte Schwelle. »Bin rübergekommen, um Browny ein bißchen Frühstück zu machen«, sagte sie voller Tüchtigkeit.
»Oh?« Ich sah ihr kindlich ins Auge. »Ich glaube, das sollte *ich* machen, Tante Liz, weil er und ich wahrscheinlich heiraten. Findest du nicht, daß ich es in diesem Fall machen sollte?«
»Was? Sag das mal langsam, Josephine.«
»Du hast mich schon verstanden, Tante Liz.« Sie sackte auf der Treppe zu einem Dirndlhaufen zusammen. »*Ich* fühl mich noch nicht mal alt genug zum Heiraten, und *ich* bin siebzehn seit Weihnachten. Hat er dich wirklich gefragt?«
»Wir haben darüber gesprochen«, sagte ich, und das war wahr. »Ich liebe ihn, Lizzy.« Tränen verdunkelten meinen Blick.
»Ach, Liebe . . . Ich habe zwölfmal geliebt, seit ich in deinem Alter war.«

»Nicht bei mir, für mich steht Browny fest. Ich such mir eine Stelle und laß ihn aufs College gehen, wenn sein Militärdienst vorbei ist... Er ist ein heller Kopf.«

»Ach, helle . . . alle sind helle.«

»Nein, das sind sie nicht.«

Als sie weg war, küßte ich Browny auf beide Augen, wie Schneewittchen, und er streckte sich und wachte auf mit einem Großbrand von Hunger.

»Frühstück, Frühstück, Frühstück«, brüllte er.

Ich gab ihm zu essen, und er sagte: »Au Backe, die Jungs würden sich totlachen, ich als Kinderschänder.«

»Da brauchst du dir keine Sorgen zu machen. Ich mache einen guten Eindruck auf die Leute, Browny. Noch erwachsenere Männer als du sind massenhaft um mich rumscharwenzelt.«

»Haha«, bemerkte er.

Ich stellte diese Art Lachen ab und machte ein paar Küsse bei ihm locker, und wir hatten einen fröhlichen Morgen.

»Browny«, sagte ich beim Mittagessen, »ich werde Mutter erzählen, daß wir heiraten.«

»Hat sie nicht schon genug eigene Sorgen?«

»Nein, nein«, sagte ich. »Sie ist ganz für Liebe. Sie ist wild darauf.«

»Na, denk einen Augenblick drüber nach, Milchgesicht. Schließlich könnte ich doch verlegt werden in irgendeine unruhige Gegend und umgelegt werden von einem verrückten Eingeborenen. Solche Sachen liest man doch jeden Tag. Überhaupt, wäre es nicht aufregend, eine Zeitlang richtig heimlich verlobt zu sein? Wie wär's?«

»Nicht bei mir«, sagte ich in Gedanken an alles, was ich je von Liz über den Opportunismus der Männer gehört hatte, wie sie manchmal mit allen Zeichen guten Willens dreißig Tage und Nächte, Schlafen und Wachen, voller Wahrheit und Täuschung für das Vergnügen eines Augenblicks einsetzen. »Heimlich verlobt! Manche mögen ja zu so einem Plan bereit sein, aber nicht bei mir.«

Dann wußte ich, daß er mich mochte, denn er ging um den Tisch herum und spielte einen Augenblick mit den Locken meiner Heimdauerwelle und flüsterte: »Die Jungs würden wirklich grinsen, aber bei dir zieht es mir tatsächlich die Schuhe aus.«

Dann war ich nicht mehr so sicher, daß er mich mochte, denn er sah auf seine Uhr und fragte es: »Wo, zum Teufel, ist Lizzy?«

Ich mußte einkaufen und speiste ein paar Händler in der Gegend ab mit einem Wirbel von Unschuld, was sonnabends meine wichtigste Aufgabe ist. Ich rannte den ganzen Weg. Es dauerte nicht sehr lange, aber als ich die Treppe rauf und in den Flur jagte, hörte ich den polternden Ausläufer einer Unterhaltung. Browny sagte grade: »Es ist deine Schuld, Liz.«

»Das ist mir vollkommen piepe«, sagte sie. »Ich glaube, du findest da wohl was dran, mit einem Kind rumzuspielen.«

»Ach was, du begreifst überhaupt nicht ...«

»Ich kann nicht behaupten, daß ich es will.«

»Gottverdammich«, sagte Browny, »du hörst einem ja nicht zu. Du ekelst mich an.«

»Wirklich?« Als sie sich umdrehte und ging, schmetterte

sie mir die Fliegengittertür ins Gesicht und zerquetschte meinen Spann mit dem Hacken ihres Lavendelpumps.
»Sag deiner Mutter, wir wollen«, gellte Browny, als er mich sah. »Sie ekelt mich an, diese Liz, Gottverdammmich. Sag es deiner Mutter heute abend.«
Im Laufe dieses flüchtigen Nachmittags tat ich mein Bestes, um Browny etwas freundlicher zu stimmen. Ich saß auf seinem Schoß, und er trank Bier und kitzelte mich. Ich lachte, und ziemlich bald begriff ich das Spiel und wie es variiert werden mußte, und rannte kreischend vor ihm weg, bis er mich an einem bequemen Ort fangen konnte, beim Wohnzimmersofa oder in meinem Schlafzimmer.
»Du bist o.k.«, sagte er. »Bist du wirklich. Ich bin verrückt nach dir, Josephine. Du bist eine Wucht.«
Und als Mutter an dem Abend nach Hause kam, machte ich ihr also eisgekühlten Tee und keilte sie in der Küche ein und schloß die Tür ab. »Ich möchte dir was erzählen über mich und Korporal Brownstar. Sag jetzt kein Wort, Mutter. Wir wollen heiraten.«
»Was?« sagte sie. »Heiraten?« schrillte sie. »Bist du verrückt? Du kannst ja noch nicht mal eine Stelle kriegen ohne Arbeitserlaubnis. Du kannst ja noch nicht mal eine Arbeitserlaubnis kriegen. Du bist ein Baby. Willst du mich aufziehn? Du bist mein kleiner Fisch. Du bist noch nicht mal vierzehn.«
»Naja, ich habe beschlossen, daß wir bis nächsten Monat warten können, wenn ich vierzehn werde. Dann, habe ich beschlossen, können wir heiraten.«
»Das könnt ihr nicht, mein Gott! Niemand heiratet mit vierzehn, niemand. Ich kenne keine Menschenseele.«

»O doch, Mutter, sie tun es, man sieht sie immer in der Zeitung. Das schlimmste, was passieren kann, ist, daß es in die Zeitung käme.«

»Aber ich hab gar nicht gewußt, daß du so viel mit ihm zu tun hattest. Gehört er denn nicht Lizzy? Das ist nicht nett – ihn ihr wegzunehmen. Das ist ein dreckiger hinterlistiger Streich. Du bist ein hinterlistiges Stück. Frauen sollten zusammenhalten. Hast du denn überhaupt noch nichts gelernt?«

»Na, sie will ja nicht heiraten, und ich will. Und für Browny ist es lebenswichtig, daß er heiratet. Er ist ein Junge, der sehr anständig lebt, und wenn sein Urlaub vorbei ist, will er nicht gern zurückkehren zu denen, die man so im Gefolge eines Lagers findet, und zu den Frauen anderer Leute. Du mußt ihm das hoch anrechnen, Mutter – es ist ein Vorzug.«

»Du bist ein Baby«, brummte sie. »Du bist mein glitschiger kleiner Fisch.«

Browny rüttelte zehn Minuten zu früh an der Türklinke.

»Ach, komm rein«, sagte ich angewidert.

»Wie steht's? Alles geregelt? Was sagst du, Marvine?«

»Ich sage, schieb ab, Korporal! Wo fehlt's bei Lizzy? Ihr beide wart doch wirklich hübsch zusammen. Ihr saht aus wie Zwillingssterne am Sommerhimmel. Jetzt stelle ich fest, daß ich dein Äußeres nicht gerade besonders mag. Wer sind deine Mutter und dein Vater? Ich hab eigentlich nie was über sie gehört. Soviel ich weiß, hast du einen Onkel in Alcatraz. Und deine Zähne sind in einem entsetzlichen Zustand. Ich dachte, die

Armee kümmerte sich um solche Dinge. In meinen Augen bist du nicht gerade ein toller Fang.«

»Kein Grund, persönlich zu werden, Marvine.«

»Aber sie ist ein Baby. Was ist, wenn sie schwanger wird und ihre ganze Konstitution verhunzt? Wir sind hier nicht in Indien. Hast du schon mal gelesen, was innen mit diesen indischen Kinderbräuten passiert?«

»Oh, er ist sehr sanft, Mutter.«

»Was?« sagte sie und konstruierte gleich das schlimmste.

Diese Konferenz dauerte ungefähr zwei Stunden. Wir tranken ein paar Kannen voll Himbeer-Kool-Aid, das wir für die Party zu Joannas zwölftem Geburtstag am folgenden Tag aufgehoben hatten. Niemand hatte einen Groschen, und Großmama konnten wir nicht finden.

Später, anständigerweise vor Mitternacht, zeigte Lizzy sich. Sie hatte einen Leutnant (frischgebacken) bei sich, und sie stellte ihn ringsum als Sid vor. Browny stellte sie ihn nicht vor, weil sie immer und immer wieder erklärt hatte, daß Offiziere und gemeine Soldaten gesellschaftlich getrennt bleiben sollten. Sobald der Leutnant Mutters Hand zum Gruß nahm, konnte ich sehen, daß er erstaunt war. Er begann sichtlich zu transpirieren in langen Striemen seinen Rücken runter und unter den Gabardinearmen seiner Sommeruniform. Mutter war in einer dieser trägen Stimmungen, die manchen Männern ausgesprochen einheizen. Sie schwitzte einfach beim Gedanken an meine eigensinnige Entscheidung und wie mein Leben die Keime der Aufregung enthielt.

»Nach Frankreich gehöre ich«, murmelte sie ihm zu. »Paris, Marseille, solche Städte, wo die Männer Frauen mögen und nicht hinter kleinen Mädchen herjagen.«

»Ich fühle viel Sympathie für das gallische Temperament, und ich liebe wirkliche Frauen«, sagte er hoffnungsvoll.

»Sympathie fühlen ist nicht genug.« Ihre Stimme erhob sich zu den Erfordernissen ihrer natürlichen Veranlagung. »Einfühlung ist, was ich brauche. Die Einfühlung eines wahren Freundes, ohne die ich jahrelang habe leben müssen.«

»O ja, ich fühle das alles, Einfühlung auch«, fiel er tief in sein Herz zurück, von wo man ihn kaum noch hören konnte ... »Ich liebe Frauen, die Kontakt mit dem Leben gehabt haben, etwas Kleines gewiegt, die Qualen der Geburt, den Tod geliebter Menschen kennengelernt haben ...«

»... und den der Liebe«, fügte sie traurig hinzu. »Das ist ungewöhnlich für einen jungen gutaussehenden Mann.«

»Und doch ist es meine besondere Vorliebe.«

Lizzy, Browny und ich liehen uns einen Dollar von ihm, während er in idyllischer Betäubtheit dasaß, und wir marschierten los, Eis essen. Wir nahmen Joanna mit, weil es uns leid tat, daß wir ihre ganze Party ausgetrunken hatten. Als wir mit einer Flasche Brombeerbrause zurückkamen, war niemand in Sicht. »Ich komme mir langsam wie eine Kupplerin vor«, sagte Lizzy.

So kam's, daß Mutter schließlich ja gesagt hat. Ihre moralische Verworfenheit nahm eine so lebhafte Wendung, daß sie uns Geld für einen Wassermann gab. Sie rief Dr. Gilman an und bat ihn, vorsichtig zu sein mit den Spritzen. »Es ist mein eigenes kleines Mädchen, Doktor. Die kleine Josie, die Sie selbst aus mir rausgezogen haben. Sie ist so halsstarrig. Ach Doktor, wissen Sie noch, ich und Charles? Sie ist ein kleiner Wildfang, genau wie ich.«

Wegen der Ergebnisse dieses Testes, der gesetzlich vorgeschrieben ist, und trotz Brownys Ungläubigkeit, konnten wir nicht heiraten. Großmama, mit ihrem Vorsprung an Jahren immer philosophisch, sagte, daß junge Männer, die früh säen, denen wird die Ernte verhagelt, sozusagen, und daß die moderne Wissenschaft uns bald vereinen würde. Hahaha, beim Gedanken daran muß ich lachen.

Mutter hat es noch nicht mal gemerkt. Es ist ihr vollkommen entgangen auf Grund von großen Ereignissen in ihrem eigenen Leben. Als Browny, von Penicillin überschwemmt und feucht vor Verdruß, ins Lager abfuhr, schenkte sie ihm ein riesiges Glas mit Lofts sauren Bonbons und eine Dose Walnuß-Rum-Tabak.

Dann machte sie mit ihrem eigenen Leben weiter. Ohne jegliche Entzauberung, wie Browny und ich sie zu erdulden hatten, heirateten der Leutnant und Mutter. Wir waren zufrieden, alle, obwohl es allgemein bekannt ist, daß sie nie von Pappi geschieden worden ist. Der Name neben ihrem auf dem Trauschein ist Sidney LaValle, jr., Lieut., U.S.N. Eine frühere, lockigere Generation von LaValles kam aus Quebec nach Michigan, und Sid kennt ein paar brauchbare Redensarten in Mutters Lieblingssprache.

Ich habe *eine* Karte von Browny bekommen. Sie zeigt eine Luftaufnahme von Joplin, Mo. Darauf steht: »Hallo Kleines, Kopf hoch, Gruß Browny. P.S. Gesundheit besser.«
So wie ich lebe, auf einer Autobahn von Entmutigung, macht es mir Freude, die unaufhörlichen glücklichen Geräusche im Nebenzimmer zu hören. Ich habe es genossen, mit Brownys Körper herumzuschmusen, obwohl ich nicht glaube, daß ich für ihn mehr war als eine Hoffnung auf Erfolg im bürgerlichen Leben.
Joanna ist zu mir ins Zimmer gezogen. Obwohl sie bis in den hellen Morgen mit den Zähnen knirscht, bin ich dankbar für ihre Gesellschaft. Seit ich verlobt war, sieht sie zu mir auf. Sie ist ein richtig schnuckliges Mädchen.

Der blaßrosa Braten

Blasses Grün grüßte ihn, lumpige Knospen für Nußbäume. Vollgestopft mit Mittagbrot trat Peter in den Park. Er kickte die enttäuschten Eicheln weg und spendierte zwei jungen Mädchen ein großartiges bewunderungsvolles Grinsen.
Anna sah ihn breitbeinig über die Osterglocken setzen, ein rosiger Mann ungefähr in der dritten Blüte seiner Jugend. Judys Auge entdeckte ihn auch. Raffgierig und schnell, wie sie war, kreischte sie: »Da ist Pappi!«
Nun ja, das war er, Mund offen, von Visionen verwirrt. Er verlor den Boden unter den Füßen bei dem geheimen Zusammenspiel von Charme, bei einer Verschwörung von lockigen Frisuren und glänzenden Gesichtern. Vor einem Jahr hatte Anna vor aller Augen angefangen, abzusinken in die welkenden Jahre, während er gerade dem besten Mannesalter entgegenwuchs, Pfeifenrauch spuckend, mit Tweed bestückt, ein Liebhaber, wie er im Buche steht, der Männer aufschreckte und die Damen in Bann schlug.
Jetzt sprang Judy über die Lehne einer Bank und stürzte in seine Arme. »Oh, Peter, Lieber«, flüsterte sie, »ich habe überhaupt nicht gewußt, daß du uns treffen wolltest.«
»Gott, wirst du groß, Knirps. Wo sind deine Zähne?« fragte er. Er drückte sie fest an sich, ein Fünfzig-Pfund-Paket, nur von ihm. »Sag mal, Judy, ich bin froh, daß du noch eine Miezekatzenschnuppernase hast und einen weichen weißen Miezekatzenpelz.«

»Hab ich gar nicht«, kicherte sie.
»Aber ja«, sagte er. Er ließ sie hinunter auf ihre federnden Hinterbeine, hielt aber eine glatte Vorderpfote fest. »Aber wehe, wenn du deine Krallen nicht einziehst, dann werf ich dich einfach in den Hudson.«
»Och, Peter«, sagte Judy, »hör doch auf.«
Peter wechselte das Thema und wandte sich Anna zu. »Du siehst gar nicht schlecht aus, weißt du.«
»Danke«, antwortete sie höflich, »du auch nicht.«
»Guck mich an, ich bin neuerdings ein richtiger Freiluftsportler.«
Sie gab dreißig Sekunden Schweigen zu, in die er hereinbrach, singend wie ein Vogel im Sommer: »Wir tanzten um den Maibaum, den Maibaum ...«
»Na, wann bist du angekommen?« fragte er.
»Ungefähr vor einer Woche.«
»Du hast gar nicht angerufen.«
»Doch, hab ich, Peter. Ich habe dich mindestens siebenundzwanzigmal angerufen. Du bist nie zu Hause. Petey muß irgendwo verliebt sein, sagte ich mir.«
»Was ist das für ein Ding«, sang er wohlgelaunt, »das man Liebe nennt?«
»Peter, kannst du mir einen Gefallen tun«, fing sie wieder an. »Peter, könntest du Judy übers Wochenende nehmen? Wir sind gerade in diese neue Wohnung eingezogen und ich habe eine Masse zu tun. Ich möchte sie einfach nicht immer zwischen den Füßen haben. Peter?«
»Ah, darum hast du angerufen.«
»Ach, um Gottes willen«, sagte Anna. »In Wahrheit hab ich angerufen, um dich zu bitten, daß du mein Liebhaber wirst. Das ist der wahre Grund.«

»O.k., o.k. Sei nicht bitter, Anna.« Er streckte einen segnenden Arm aus. »Komm in Frieden, geh in Frieden. Natürlich nehm ich sie. Ich mag sie. Sie ist mein Fall.«

»Bitter?« fragte sie.

Peter seufzte. Er drehte seine Hände mit dem Rücken nach oben, als wollte er prüfen, ob es regnete. Anna kannte ihn, Thema und Choreographie. Der sonnenheitere Frühlingsnachmittag sickerte durch seine Finger. Er blickte auf zum Himmel, dem ewigen Zeugen, und versuchte so viel festzuhalten, wie er konnte. Er ließ seine Arme sinken und den Rest abschwimmen.

»O.k.«, sagte er. »Gehn wir. Ich möchte deine Wohnung sehen. Ich bin voll von Ideen. Du solltest mein Wohnzimmer sehen, Anna. Ich könnte sogar Innenarchitektur machen, wenn alle Stränge reißen. Los. Ich hole die Leiter aus dem Keller. Ich könnte ein paar schwere Koffer transportieren. Ich bin ganz wild auf schwere Arbeit. Man bekommt vom Leben nur das raus, was man reingesteckt hat. Stimmt's? Zum Teufel mit dem Kind. Ich bin nicht dein Feind.«

»Wer sollte auch?«

»Sei friedlich, Anna. Ich mein es ernst. Ich hole jemanden, der auf Judy aufpaßt. Aber du mußt aufhören.« Er suchte nach einem bekannten Gesicht unter den Sonntagsspaziergängern. »He, du«, rief er schließlich einem alten Kumpel zu, an den sich zwei Bienen lehnten. »He, du glasäugiger Mistkäfer, komm mal rüber.«

»Nicht einfach irgendeinen von deinen idiotischen Freunden«, flüsterte Anna wütend.

Alle drei schlurften zu Peter rüber. Sie verteilten fröh-

liche Hallos, außerdem eine Tüte getrocknete Aprikosen. Peter sprach mit einem der Mädchen. Er tätschelte ihren Kleinjungenhaarschnitt. »Tja, tja, Schätzchen, du hast dich allerdings verändert. Du mußt einen sehr guten Winter gehabt haben.«
»O ja, danke«, gab sie zu.
»Sag mal, kannst du mir einen Freundschaftsdienst tun, Puppe, geht das? Da drüben ist Judy. Weißt du noch? Sie war ganz wild auf dich, als sie klein war. Wie ist es damit? Ein oder zwei Stunden auf sie aufpassen?«
»Klar, Petey, furchtbar gern. Ich hab heute nicht viel vor. Judy! Sie war süß. Ich war ganz wild auf sie.«
»Anna«, sagte Peter, »das ist Louie; sie war ein wirklich guter Freund, in dem Jahr, als du gearbeitet hast. Sie hat mir mit Judy geholfen. Sie war großartig, meine Lebensrettung.«
»Sie sind Anna«, sagte Louie gastfreundlich. »Oh, ich finde Judy süß. Wir waren ganz wild aufeinander. Sie haben vielleicht ein helles Kind. Sie ist *wirklich* helle.«
»Danke«, sagte Anna.
Judy war weggegangen, um mit dem Eismann zu reden. Sie kam zurück und leckte an einem doppelten Limonenlutscher. »Du mußt ihm zehn Cents geben«, sagte sie. »Er hat sich nicht mal an mich erinnert und mir keinen Kredit gegeben.«
Plötzlich sah sie Louie. »Uuuuh!« kreischte sie. »Da ist Louie. Louie, Louie, Louie!« Sie kniffen sich gegenseitig in die Backen, rieben ihre Nasen wie die Eskimosen und klapperten mit den Wimpern, wie es küssende Engel tun. Louie blickte sich stolz um. »Au Backe, das Kind hat mich nicht vergessen. Wie findet ihr das?«

Peter suchte in seinen Taschen nach etwas Kleingeld. Louie sagte: »Mach dich nicht lächerlich. Das bezahl ich.« – »O.k., Mädchen«, sagte Peter. »Macht ihr beide nur weiter. Haut mal auf die Pauke. Eßt auswärts zu Abend. Viel Vergnügen. Meldet euch wieder.«
»Es sieht so aus, als ob sie sich kennen«, sagte Anna, vollkommen niedergeschlagen, und winkte zum Abschied.
»Da also!« sagte Peter. »Wenn du was tun willst, tu es richtig.«
Er nahm ihren Arm. Sein anderer Ellbogen bahnte ihnen einen Weg durch einen gestauten Knäuel von Männern und Jungen. »Zum ersten, zum zweiten, zum – dritten«, sagte er. »Bis nachher, Jungs.«

Innerhalb von fünf Minuten schloß Anna die Tür zu ihrem neuen Apartment auf, ihrer schicken städtischen Pachtung, mit einem nagelneuen Schlüssel.
In dem weiten Foyer, auf dem Parkettpfad, der von Reihen von Pappkartons eingeengt wurde, stand Peter stocksteif und pfiff ein Dutzend Takte aus Beethovens Fünfter Symphonie. »Mama«, stöhnte er vor Freude, »laß mich leben!«
Ein Durchblick auf Zimmer und Türen zu Zimmern, doppelte Glastüren, einfache Eichentüren, schmale Türen zu Schranknischen, ein Heim voller Zimmer, aufgereiht an ausgedehnten Korridoren. »Oh, Anna, das ist kein Vergleich mit... Wer bezahlt das?«
»Du nicht; keine Sorge.«
»Darum geht's doch gar nicht, Maria und Joseph!« Er schwenkte seine Arme vor einem Kronleuchter. »Tja,

Anna, ich sehe meine Freunde gern so in Saus und Braus. Du denkst, ich mach Spaß.«

»*Ich* mach Spaß«, sagte Anna.

»Komm, was ist wirklich los? Du siehst so fabelhaft aus, du siehst aus wie ein Mädchen, das anständig anschafft. Ein kühler Kopf und ein heißes Leben, du weißt schon ...«

»Hör auf zu träumen, Petey«, sagte sie reizbar. Aber er hatte seinen Rücken bis aufs Unterhemd entblößt und angefangen, Schallplatten in Schallplattenschränke zu räumen. Er hörte auf, um zu sagen: »Wie wär's, soll ich die Jalousien festmachen?« Da wurde sie milder und brachte eine Freundlichkeit hervor: »Peter, du bist derjenige von uns, der wirklich großartig aussieht. Du siehst einfach – naja – gesund aus.«

»Ich pflege mich, Anna. Darum. Gemüse, viel Proteine. Ich bin nicht mehr so eine Nachteule wie früher. Pampelmusen, Sonnenlicht, oh, Sonnenlicht, das ist jetzt meine große Liebe.«

»Du hast dich immer gepflegt, Peter.«

»Nein, Anna, jetzt ist es anders.« Er hörte auf und ließ sich auf einer Kiste mit Vorhängen nieder. »Ich will sagen, es ist nicht egozentrisch und selbstsüchtig wie früher. Jetzt hat es eine wirklich philosophische Basis, Verwechsel mich nicht mit Biologie. Guck mich an, was siehst du?«

Anna hatte gelesen, daß Kannibalen den Menschen, wenn sie ihn einmal probiert hatten, als das große Schwein sahen, den blaßrosa Braten.

»Peter, Peter, an der Ecke steht er«, sagte Anna.

»Ach nein, das mein ich nicht. Weißt du, was du siehst?

Ein Gebäude aus Fleisch. Weißt du, wann mir das aufgegangen ist? Ungefähr vor zwei Jahren, um die Zeit, als wir uns getrennt haben, du und ich. Ich brachte einmal, als ich da drüben zu Besuch war, meinen Opa aufs Klo – du erinnerst dich noch an ihn, Anna, der alte Knacker, der, der so verrückt war, daß er nicht sterben wollte ... Ich lehnte an der Tür; er saß auf dem Topf und konzentrierte sich auf seine Eingeweide. Bloß um Konversation zu machen – ich dachte, es würde ihm entspannen helfen – sagte ich: ›Paps? Paps, wenn du mit allem noch mal von vorne anfangen müßtest, was würdest du anders machen? Irgendwelche guten Tips?‹ Er hatte gleich eine Antwort bereit. ›Peter‹, sagte er, ›ich würde jeden verdammten Tag meines Lebens in eine Turnhalle gehen; zum Teufel mit dem Job, zum Teufel mit den Frauen. Peter, ich würde meinen Körper aufbauen, bis Gott selber nicht mehr wüßte, wie er ihn wieder auseinanderkriegen sollte. Guck mich an, Peter‹, sagte er. ›Ich bin ein gemeines Arschloch gewesen die letzten fünfzehn Jahre. Warum? Ich will dir sagen, warum. Dieses Gebäude, dieses ... dieses Dings‹ – er kniff sich selbst über den Bauch hin und die Knie – ›dies ich‹ – er knallte sich seitwärts gegen die Kinnbacken – ›das hier muß man zusammenhalten. Der Grund ist, Peter: *Es ist die Wohnung der Seele.* Am Ende hast du ein langes Leben zum Lohn, Kraft und Schönheit.‹«

»Ach, Peter!« sagte Anna. »Arbeitest du?«

»Mensch«, sagte Peter, »du hast immer noch dieselben mickrigen Motivationen. Natürlich arbeite ich. Wie, zum Teufel, glaubst du, daß ich lebe! Hast du deine wöchentlichen achtfünfzig draußen in Scroungeville gekriegt oder nicht?«

»Achtfünfzig, jawohl.«

»O.k., o.k. Dann hör zu. Ich habe eine Vitaminsammlung, die mich zwölfachtzig pro hundert kostet. Fünfzig Dollar im Jahr für Unterhaltung und Reparaturen.«

»Ist der alte Knabe gestorben?«

»Muttergottes! Ja! Natürlich ist er gestorben.«

»Das tut mir leid. Er war gar nicht so übel. Er mochte Judy.«

»Übel oder nicht, Anna, er ist nicht zu kurz gekommen, er hat lange genug gelebt, um die nächste Generation zu unterweisen. Übrigens, ich glaube, du hast nicht ein Gramm zugenommen.«

»Danke.«

»Und das Kind sieht großartig aus. Du sorgst wirklich gut für sie. Du bist immer eine gute Mutter gewesen. Ich bin sicher, du servierst ihr immer warme Küche und so weiter.«

»Manchmal«, sagte sie.

»Laß sie in frischer Luft leben«, sagte Peter. »Klar tust du das. Laß sie ihren Körper lieben.«

»Laß sie«, sagte Anna traurig.

»Ans Werk, ans Werk, wenn Drückeberger streiken«, sang Peter. »Ist die Leiter wirklich im Keller?«

»Nein, nein, in der Küche in dem Wandschrank da. Dem ganz großen Wandschrank.«

Dann machte Peter die Jalousien fest, ferner die Vorhänge. Er verteilte Bücher in die vorhandenen Bücherregale. Er leimte den zweiten Schubkasten von Judys

Schreibtisch. Obwohl noch nicht alle Möbel aufgestellt waren, gab es schon Regale für Judys Spielsachen. Er hatte überhaupt keine Schwierigkeiten damit. Er pfiff bei der Arbeit.

Dann fegte er den Schutt in eine Küchenecke. Er stellte einen Kaffeetopf auf den Herd. »Kaffee?« rief er. »Gleich«, sagte Anna. Er stabilisierte die schwingende Küchentür und stieß auf Anna, die eine Uhr im Wohnzimmer aufzog, dessen breite Fenster zur Welt er persönlich behängt hatte. »Fleißig, fleißig«, sagte er.

Wie ein guter und glücklicher Mensch, der seiner Tüchtigkeit die Krone aufsetzt, küßte er sie. Sie rückte nicht von ihm weg. Sie verharrte in der Umarmung seines rechten Arms, ihr Gesicht an seiner Schulter reibend, die Augen geschlossen. Er hob ihr Kinn, um sich ein Bild zu machen und die Gelegenheit abzuschätzen. Sie konnte die Augen nicht öffnen. Er suchte redlich, fand aber in ihrem Gesicht keinen Widerspruch.

Sie war matt und bleiern, bei Anna, wenn er sich richtig erinnerte, ein sicheres Zeichen von Leidenschaft. »Wollen wir tanzen?« fragte er sanft, ein Familienscherz. Mit großer Sorgfalt, ein geduldiger Liebhaber, knöpfte er die sechzehn winzigen Knöpfe ihres hübschen Kleides auf, und in Judys Zimmer auf Judys Bett nahm er sie sogleich ohne ein Wort. Nachher, als er seine Spur hinterlassen hatte, belohnte er sie mit Küssen. Aber er zog sich schnell an, weil er auf Grund der Geschichten seines Lebens dazu verpflichtet war, sie an die Vergänglichkeit zu erinnern.

»Petey«, sagte Anna, die Laken und Decken bis ans

Kinn heraufgezogen hatte. »Geh in die Küche. Ich glaube, der Kaffee ist ganz verkocht.«
Er setzte einen neuen Topf auf. Dann kehrte er zurück, um ihr bei den unzähligen kleinen Stoffknöpfen zu helfen. »Sag mal, Anna, dies Kleid ist irre. Es muß einen Groschen gekostet haben.«
»Einen Fünfziger«, sagte sie.
»Weißt du, wir könnten es ab und zu ganz schön zusammen haben, wenn du nicht so verdammt empfindlich wärst.«
»Hast du es richtig schön gehabt, Petey?«
»Oh, außerordentlich«, sagte er und küßte sie leicht. »Weißt du, ich mag dein Haar, wie es jetzt ist«, sagte er.
»Ich laß es einmal die Woche machen.«
»Ja, du, das macht sich bezahlt, Schätzchen. Es wirkt Wunder. Was ist los, was ist los? Das will ich jetzt wissen. Woher kommt der Klassefernseher? Und der fabelhafte Schreibtisch ... Sag mal, da kann doch jemand organisieren.«
»Mein Mann«, sagte Anna.
Petey saß vollkommen still, zeichnete aber senkrechte Schmerzenslinien in seine glatte Stirn. Während er die schwarze Tatsache verarbeitete und mit den Zähnen knirschte, um sie bei sich zu behalten, sagte er: »Mein Gott, Anna! Das war nicht schön von dir.«
»Ich dachte, es war so großartig.«
»Ach, Anna, darauf kommt es doch nicht an. Du hättest vorher was sagen sollen. Wo ist er? Wo ist dieser Obertrottel, während seine Frau sich aufs Bett legen läßt?«
»Er ist in Rochester. Da wo ich ihn kennengelernt habe.

Er ist ein reizender Mensch. Er verlegt sein Geschäft. Es dauert etwas. Peter, bitte. Er wird in ein paar Tagen hier sein.«
»Du bist großartig, Anna. Mensch, du bist großartig. Du wackelst mit dem Hintern. Du machst uns beide zur Sau, mich und ihn. Du hättest nein sagen können. Nein – entschuldige, Petey – nein. *So* bin ich nicht drauf angewiesen. Warum hast du es getan? Rache? Gemeinheit? Warum?«
Er knöpfte seine Jacke zu und streifte durch die Pappkartons und neuen Stühle auf der Suche nach einer Zeitung oder einem Paket. Er hatte nichts mitgebracht. Er hielt vor dem Flurspiegel an, um sein Haar zu bürsten. »Das wär's!« sagte er und ging langsam zur Tür.
»Wo gehst du hin, Peter?« rief Anna quer durchs Foyer, einen Raum für laute Kinder und vergessene Regenschirme. »Warte einen Augenblick. Ehrenwort, hör doch, ich habe es aus Liebe getan.«
Er blieb stehen, um sie anzusehen. Er sah sie kalt an. Anna weinte. »Ich meine es im Ernst, Peter, ich habe es aus Liebe getan.«
»Liebe?« fragte er. »Wirklich?« Er lächelte. Er war verlegen, aber glücklich. »Naja!« sagte er. Mit den Fingern seiner beiden Hände warf er ihr einen Kuß zu.
»Ja, Anna, dann gute Nacht«, sagte er. »Du bist ein gutes Kind. Ehrlich, ich wünsch dir das beste, von allem das beste, das allerbeste.«
Im Nullkommanichts erschien sein fröhliches Gesicht in der Tür zur Frühlingsdämmerung. Auf der Straße zwischen friedfertigen Fremden machte er einen Handstand. Dann sauste er sorglos und undurchdringlich,

voller Körperbeherrschung, auf einem Flügel gen Osten, in den Ursprung der Nacht.

Die lauteste Stimme

Es gibt da eine gewisse Gegend, wo Müllschlucker dröhnen, Türen knallen, Geschirr zerkracht; jedes Fenster ist der Mund einer Mutter, welcher die Straße bittet, endlich aufzuhören, anderswo rollschuhlaufen zu gehen, nach Hause zu kommen. Meine Stimme ist die lauteste.

Da ist meine eigene Mutter, die hat noch einen genauso langen Atem wie ich, und der Kaufmann ermannt sich und spricht sie an. »Frau Abramowitz«, sagt er, »man soll vor seinen Kindern keine Angst haben.«

»Ach, Herr Bialik«, antwortet meine Mutter, »wenn Sie zu ihr oder ihrem Vater ›Ssch‹ sagen, sagen sie: ›Im Grabe wird Ruhe sein‹.«

»Von Coney Island bis zum Friedhof«, sagt mein Papa. »Es ist dieselbe U-Bahn; es kostet dasselbe.«

Ich stehe gleich beim Gurkenfaß. Mein kleiner Schlingel macht winzige Strudel in der Sole. Ich höre einen Augenblick auf, um auszurufen: »Campbell's Tomatensuppe. Campbell's Gemüsesuppe mit Rindfleisch. Campbell's k-l-are Brühe ...«

»Sei still«, sagt der Kaufmann, »die Etiketten gehn ab.«

»Bitte, Shirley, sei ein bißchen still«, bittet meine Mutter mich.

In der Gegend stöhnt die ganze Straße: Sei still! Sei still!, raubt aber dem glücklichen Refrain in meinem innern Ich nicht ein Tüttelchen oder ein Jota.

Da gibt es auch, aber gleich um die Ecke, ein rotes

Backsteingebäude, das schon seit vielen Jahren alt ist. Jeden Morgen stehen die Kinder davor in Zweierreihen, die gerade sein müssen. Sie sind nicht beleidigt. Sie warten sowieso.

Ich bin gewöhnlich unter ihnen. Ich bin sogar die erste, weil ich mit »A« anfange.

Eines kalten Morgens tippte mir der Ordner auf die Schulter. »Geh nach Raum 409, Shirley Abramowitz«, sagte er. Ich tat, was man mir sagte. Ich ging eilig eine Abwärtstreppe hinauf nach Raum 409, der Sechstkläßler enthielt. Ich mußte ohne mich zu rühren am Pult warten, bis Herr Hilton, ihr Lehrer, Zeit hatte zu sprechen.

Nach fünf Minuten sagte er: »Shirley?«

»Was?« flüsterte ich.

Er sagte: »Nu! Nu! Shirley Abramowitz! Man hat mir erzählt, du hättest eine besonders laute, klare Stimme und läsest mit viel Ausdruck. Kann das stimmen?«

»O ja«, flüsterte ich.

»Wenn das so ist, dann sei nicht albern; ich könnte gut eines Tages dein Lehrer sein. Sprich laut, sprich laut.«

»Ja!« schrie ich.

»Jetzt kommen wir der Sache näher«, sagte er. »Nun, Shirley, kannst du ein Band in dein Haar tun oder eine Klemme? Es ist zu wüst.«

»Ja!« brüllte ich.

»Nun, nun, beruhige dich.« Er wandte sich zur Klasse. »Kinder, keinen Mucks. Schlagt auf Seite 39. Lest bis Seite 52. Wer fertig ist, fängt wieder von vorne an.« Er sah mich nochmals prüfend an. »Nun, Shirley, ich nehme an, du weißt, daß Weihnachten kommt. Wir studieren ein schönes Stück ein. Die meisten Rollen sind vergeben. Aber ich brauche noch ein Kind mit einer starken Stimme, viel Stehvermögen. Weißt du, was Stehvermögen ist? Du weißt es? Kluges Kind. Weißt du, ich habe gehört, wie du gestern ›Der Herr ist mein Hirte‹ in der Schulversammlung vorgelesen hast. Ich war sehr beeindruckt. Wunderbarer Vortrag. Frau Jordan, deine Lehrerin, spricht in hohen Tönen von dir. Jetzt hör mal zu, Shirley Abramowitz, wenn du die Rolle bekommen und in dem Stück mitspielen willst, dann sprich mir nach: ›Ich schwöre, daß ich härter arbeiten will als je zuvor.‹«

Ich blickte zum Himmel und sagte sofort: »Oh, ich schwöre.« Ich küßte meinen kleinen Schlingel und sah Gott an.

»Das ist das Leben eines Schauspielers, meine Liebe«, erklärte er. »Wie das eines Soldaten, nie säumig oder ungehorsam gegen seinen General, den Regisseur. Alles«, sagte er, »absolut alles wird von dir abhängen.«

An dem Nachmittag kratzten und schrubbten am ganzen Gebäude Kinder die Truthähne und Maisbündel von den Klassenzimmerfenstern. Adieu Thanksgiving. Den nächsten Morgen brachte ein Ordner rotes und grünes Papier aus dem Büro. Wir machten neue Formen, hängten sie an die Wände und klebten sie an die Türen. Die Lehrer wurden glücklicher und glücklicher. Ihre Köpfe klingelten wie die Glocken der Kindheit. Meine beste Freundin Evie zog sonst das Unglück an, aber sie bekam keine einzige Eintragung wegen Schwatzen. Wir lernten »Stille Nacht« ohne Fehler. »Wie wunderbar!« sagte Fräulein Glacé, die Praktikantin. »Wenn man denkt, daß einige von euch nicht einmal die Sprache sprechen!« Wir lernten »Deck the Halls« und »Hark! The Herald Angels« ... Sie schämten sich nicht, und uns war es nicht peinlich.

Oh, aber als meine Mutter von all dem hörte, sagte sie zu meinem Vater: »Mischa, du weißt nicht, was da vor sich geht. Cramer ist Vorsitzende des Eintrittskartenkomitees.«

»Wer?« fragte mein Vater. »Cramer? O ja, eine aktive Frau.«

»Aktiv? Aktiv muß einen Grund haben, Hör zu«, sagte sie traurig, »ich sehe mit Überraschung, daß meine Nachbarn Tralala machen zu Weihnachten.«

Meinem Vater wollte dazu nichts einfallen. Dann entschied er: »Du bist in Amerika! Clara, du wolltest hierherkommen. In Palästina würden die Araber dich bei lebendigem Leibe auffressen. Europa, da hast du Pogrome gehabt. Argentinien ist voll von Indianern. Hier hast du Weihnachten ... Schöner Witz, was?«

»Sehr komisch, Mischa. Was ist aus dir geworden? Wenn wir in ein neues Land gekommen sind vor langer Zeit, um Tyrannen zu entgehen, und statt dessen in ein schleichendes Pogrom geraten, wo unsere Kinder eine Menge Lügen lernen, was soll daran witzig sein? Ach, Mischa, dein Idealismus geht dahin.«

»Dein Sinn für Humor auch.«

»Den hatte ich nie, aber Idealismus hattest du eine Menge.«

»Ich bin noch derselbe Mischa Abramowitz, ich habe mich nicht ein Jota geändert. Da kannst du jeden fragen.«

»Da brauchst du bloß mich zu fragen«, sagte meine Mama, sie ruhe in Frieden. »Ich kenne die Antwort.«
Mittlerweile mußten auch die Nachbarn darüber nachdenken, was sie sagen sollten.
Martys Vater sagte: »Wissen Sie, er hat eine sehr wichtige Rolle, mein Junge.«
»Meiner auch«, sagte Herr Sauerfeld.
»Nicht mein Junge!« sagte Frau Klieg. »Ich habe zu ihm gesagt nein. Die Antwort ist nein. Wenn ich sage nein!, dann meine ich nein!«
Die Frau des Rabbi sagte: »Es ist abstoßend!« Aber niemand hörte auf sie. Unter dem engen Himmel von Gottes großer Weisheit trug sie eine erdbeerblonde Perücke.
Jeder Tag war laut und voller Erfahrung. Ich war rechte Hand. Herr Hilton sagte: »Was würde ich ohne dich anfangen, Shirley?«
Er sagte: »Deine Mutter und dein Vater sollten Gott jeden Abend auf den Knien danken, daß er ihnen ein Kind wie dich gegeben hat.«
Er sagte auch: »Es ist eine ungetrübte Freude, mit dir zu arbeiten, mein liebes, liebes Kind.«
Manchmal sagte er: »Um Himmels willen, was habe ich mit dem Manuskript gemacht? Shirley! Shirley! Finde es.«
Dann antwortete ich ruhig: »Hier ist es, Herr Hilton.«
Ab und zu, wenn er sehr müde war, rief er aus: »Shirley, ich habe einfach genug davon, diese Kinder anzuschreien. Würdest du Ira Pushkov sagen, er soll erst reinkommen, wenn Lester zum zweitenmal auf den Stern zeigt?«

Dann brüllte ich: »Ira Pushkov, was ist los mit dir? Blödian! Herr Hilton hat dir schon fünfmal gesagt, du sollst erst reinkommen, wenn Lester zum zweitenmal auf den Stern zeigt.«
»Ach Clara«, fragte mein Vater, »was macht sie da bis sechs Uhr, daß sie nicht mal die Teller auf den Tisch stellen kann?«
»Weihnachten«, sagte meine Mutter kalt.
»Ho! Ho!« sagte mein Vater. »Weihnachten. Was schadet es? Schließlich, aus der Geschichte kann jeder lernen. Wir wissen aus der Lektüre, daß dies auch ein Feiertag aus heidnischen Zeiten ist, Kerzen, Lichter, sogar Chanukka. Also wissen wir auch, daß es nicht ganz und gar christlich ist. Wenn sie also denken, daß es ein privater Feiertag ist, so sind sie bloß unwissend, nicht patriotisch. Was zur Geschichte gehört, gehört allen Menschen. Willst du ins Mittelalter zurückgehen? Ist es besser, sich den Kopf mit einem gebrauchten Rasierapparat zu scheren? Schadet es Shirley, wenn sie lernt, den Mund aufzumachen? Das tut es nicht. Also wird sie vielleicht eines Tages nicht mehr zwischen Küche und Laden leben. Sie ist kein Dummkopf.«
Ich danke dir, Papa, für deine Freundlichkeit. Das gilt für mich bis auf den heutigen Tag. Ich bin dumm, aber ich bin kein Dummkopf.
Den Abend küßte mich mein Vater und sagte mit großem Interesse an meiner Karriere: »Shirley, morgen ist dein großer Tag. Glückwunsch.«
»Spar's dir«, sagte meine Mutter. Dann machte sie alle Fenster zu, um einer Mandelentzündung vorzubeugen.
Am Morgen schneite es. An der Straßenecke war für

uns von einer freundlichen Stadtverwaltung ein Baum geschmückt worden. Um seinem eisigen Schatten auszuweichen, gingen unsere Nachbarn drei Blocks östlich davon, wenn sie einen Laib Brot kauften. Der Schlachter zog scharze Rollos vor seinen Fenstern runter, damit die bunten Lichter nicht auf seine Hühner schienen. Oh, nicht so ich. Auf dem Weg zur Schule warf ich dem Baum mit beiden Händen einen Kuß der Toleranz zu. Armes Ding, es war ein Fremder in Ägypten.

Ich ging geradewegs ins Auditorium, an den glotzenden Kindern vorbei. »Geh nur, Shirley«, sagten die Ordner. Vier Jungen, groß für ihr Alter, hatten schon mit ihrer Arbeit als Requisiteure und Bühnenarbeiter begonnen. Herr Hilton war nervös. Er war nicht einmal glücklich. Immer wenn er einen Satz anfing, endete er mit einem trauervollen Blick auf die Seite. Er saß zusammengesunken in der Mitte der ersten Reihe und bat mich, Fräulein Glacé zu helfen. Ich tat das, obwohl sie meine Stimme zu resonanzreich fand und sagte: »Angabe!« Eltern kamen schon an, lange bevor wir fertig waren. Sie wollten einen guten Eindruck machen. Zwischen den Metern von Vorhängen hindurch spähte ich hinaus ins Publikum. Ich sah meine verlegene Mutter.

Ira, Lester und Meyer wurden von Fräulein Glacé an ihre Bärte geklebt. Sie hätte beinahe vergessen, den Stern auf seinen Draht zu fädeln, aber ich erinnerte sie daran. Ich hustete ein paarmal, um meine Kehle freizumachen. Fräulein Glacé blickte um sich und sah, daß alle ihre Kostüme anhatten und auf der richtigen Stelle darauf warteten, ihre Rollen zu spielen. Sie flüsterte: »In Ordnung ...« Dann:

Jackie Sauerfeld, der hübscheste Junge in der ersten Klasse, teilte die Vorhänge mit seinem mageren Ellbogen und rief mit einer hohen Stimme aus:

»Liebe Eltern hier,
bereit sind wir,
zu zeigen euch ein Weihnachtsspiel.
Die Geschichten
wir berichten
und auch mit Pantomime viel.«

Er verschwand.
Meine Stimme brach sofort aus der Seitenkulisse hervor und versetzte Ira, Lester und Meyer einen gewaltigen Schock, die zwar darauf gewartet hatten, aber trotzdem überrascht waren.
»Ich denke zurück, ich denke zurück, an das Haus, in dem ich geboren bin ...«
Fräulein Glacé riß den Vorhang auf, und da war es, das Haus – ein alter Heuboden, wo Celia Kornbluh im Stroh lag mit Cindy Lou, ihrer Lieblingspuppe. Ira, Lester und Meyer bewegten sich langsam von der Seitenkulisse auf sie zu, wobei sie manchmal auf einen sich bewegenden Stern und manchmal vorwärts auf Cindy Lou zeigten.
Es war eine lange Geschichte, und es war eine traurige Geschichte. Ich sprach sorgfältig all die Wörter über meine einsame Kindheit aus, während Klein-Eddie Braunstein die Bühne auf und ab wanderte mit seinem Schäferstab, nach Schafen suchend. Ich brachte wieder die Einsamkeit zur Sprache und wie ich überhaupt nicht verstanden wurde außer von ein paar Frauen, die nie-

mand mochte. Eddie war zu klein dafür, und Marty Groff nahm seinen Platz ein, er trug den Gebetsschal seines Vaters. Ich kündigte zwölf Freunde an, und die Hälfte der Jungen aus der vierten Klasse versammelte sich um Marty, der auf einer Apfelsinenkiste stand, während meine Stimme feierlich tönte. Sorgenvoll und laut deklamierte ich über Liebe und Gott und den Menschen, aber wegen des schrecklichen Betrugs von Abie Stock kamen wir plötzlich zu einem berühmten Augenblick. Marty, dessen Erinnerung beschwörende Zunge ich war, wartete am Fuße des Kreuzes. Er starrte verzweifelt ins Publikum. Ich stöhnte: »Mein Gott, mein Gott, warum hast du mich verlassen?« Die Soldaten, die Scheiche waren, ergriffen den armen Marty, um ihn zum Sterben anzunageln, aber er schüttelte sie ab, wandte sich wieder zum Publikum und reckte seine Arme gen Himmel, um Verzweiflung und das Ende anzuzeigen. Ich murmelte aus voller Kehle: »Der Rest ist Schweigen, aber wie jedermann in diesem Raum, in dieser Stadt – in dieser Welt – nun weiß, ich werde das ewige Leben haben.«

Den Abend besuchte Frau Kornbluh unsere Küche auf ein Glas Tee.

»Wie geht's der Jungfrau?« fragte mein Vater mit einem Blick der Anteilnahme.

»Für einen Mann mit einer Tochter machen Sie Ihren Mund ziemlich weit auf, Abramovitch.«

»Hier«, sagte mein Vater freundlich, »nehmen Sie Zitrone, das wird Ihre Laune versüßen.«

Sie debattierten ein bißchen auf Jiddisch, fielen dann in einen Matsch von Russisch und Polnisch. Was ich als nächstes verstand, war mein Vater, der sagte: »Wie dem auch sei, es war ganz gewiß eine schöne Sache, das müssen Sie zugeben, uns mit den Überzeugungen einer andern Kultur bekannt zu machen.«

»Nun, ja«, sagte Frau Kornbluh. »Bloß ... Sie kennen Charlie Turner – der entzückende Junge in Celias Klasse – ein paar andere? Sie haben sehr kleine Rollen oder überhaupt keine Rollen gekriegt. Sehr gegen den guten Geschmack, wollte mir scheinen. Schließlich ist es ihre Religion.«

»Ach«, erklärte meine Mutter, »was sollte Herr Hilton machen? Sie haben sehr kleine Stimmen; warum sollten sie schließlich brüllen? Die englische Sprache, die können sie auswendig von Anfang an. Sie sind blond wie Engel. Finden Sie es so wichtig, daß sie mitspielen? Weihnachten ... das ganze Drum und Dran ... es gehört ihnen doch schon.«

Ich horchte und horchte, bis ich nicht mehr horchen konnte. Zu müde kletterte ich aus dem Bett und kniete. Ich machte eine kleine Kirche aus meinen Händen und sagte: »Höre, o Israel ...« Dann rief ich in Jiddisch aus: »Bitte, gute Nacht, gute Nacht. Ssch.« Mein Vater sagte: »Selber Ssch«, und knallte die Küchentür zu.

Ich war glücklich. Ich schlief sofort ein. Ich hatte für alle gebetet: meine redende Familie, entfernte Vettern, Vorübergehende und all die einsamen Christen. Ich erwartete, daß man mich hörte. Meine Stimme war ganz gewiß die lauteste.

Der Wettbewerb

Früh oder spät aufgestanden, das macht gar nichts aus, der Tag läuft mir davon. Sommer oder Winter, ob die Bäume Dämmerung verbreiten oder harte Schatten werfen, ich komme nie vor Mittag zu meinen Rice-Krispies.
Ich bin ehrgeizig, aber das ist mehr langfristig bei mir. Ich habe vertrauliche Aussichten auf einen Stern, aber auch ein halbes Leben Zeit, um hinzukommen. Inzwischen halte ich meine Augen offen und bin gut angezogen.
Ich habe dem Armeepsychiater bei der Prüfung gesagt: ja, ich mag Mädchen. Und das tu ich wirklich. Nicht meine Schwester – Traum eines Zuhälters. Aber Mädchen, schlank und zart, oder richtig scharf gebaut, dunkelbraun in den Zentren, von der Zeit angeschlagen. Nicht meine Mutter, die hätte aus Freud gar nicht rauskommen sollen. Ich *habe* Sinn für Humor.
Mein letztes Mädchen war Jüdin, was oft eine warme Art von Mädchen ist, an Nahrungsaufnahme interessiert und Verwendbarkeit auf dem Arbeitsmarkt. Sie mögen es nicht, wenn man zu hart arbeitet, will mir scheinen, bis man angebissen hat, und dann, du Hund, heißt es schwitzen!
Ein mittleres Mädchen, Größe vierzig, ein Tonkrug mit Henkeln – man konnte sie fassen. Ich traf sie im Regen draußen vor irgendeiner kulturellen Veranstaltung in der Cooper Union oder Washington-Irving-Oberschule. Sie hatte keinen Schirm, und ich hatte, also

brachte ich sie nach Hause zu mir. Dort blieb sie mehrere Stunden, eine gähnende Höhle, halb schlafend. Der Regen regnete auf den Ailanthusbaum vor meinem Fenster, der Wind klapperte mit den Läden meines altmodischen Fensters, und ich ließ mir Zeit beim Kaffeemachen und beim Zerlegen eines Topfs mit Napfkuchen. Ich glaube nicht an Gewaltanwendung, und ich hätte gewartet, aber ihre Einsamkeit war sehr groß.

Wir hatten eine ganz hübsche Zeit, ein paar Wochen lang. Sie brachte Brötchen und Wecken von überallher, wo das Zeug noch beschlagnahmt werden kann. An Sonntagen kam sie aus Brooklyn mit einem Hähnchen zum Braten. Sie fand, ich war zu mager. Ich bin's, aber Mädchen mögen das. Wenn man fett ist, sehen sie sofort, daß man ihr einzigartiges Talent für Wärme nie brauchen wird.

Der Frühling kam. Sie sagte: »Wo fahren wir hin?« Mit diesen Worten! Nun bin ich dieser Einstellung schon früher begegnet. Offenbar sind für die meisten Frauen gutes Essen und allgemeine Heiterkeit zuviel des Guten.

Die Sonne saugte den Juli auf, und sie sagte es wieder. »Freddy, wenn wir nicht irgendwohin fahren, mach ich nicht mehr mit.« Es trieb uns auf die Küste zu an jenen windigen Sonntagen: ihre Mutter muß ihr erzählt haben, was man sagt. Sie sagte es mit einer so unfreien Überzeugung.

Eines Freitagnachts im September kam ich von einer unerquicklichen Party nach Hause. All die Gesichter waren fremd gewesen. Es waren keine einzelnen Mädchen da, und nach etwas gedämpfter Unterhaltung mit

den prächtigen Besitztümern anderer Männer fühlte ich mich gräßlich und ging nach Hause.
In einem Sessel, in Betrachtung einer Nummer der *Art News* voller Holländer, die achtzig Jahre in vierzig gelebt hatten, saß Dorothy. Und an ihrer Seite ein Handkoffer. Ich konnte kaum ihr Gesicht sehen, als sie aufstand, um mich zu begrüßen, aber sie machte erst Tee und verdampfte einen Teil meiner Glut in die feuchte Nacht.
»Hör zu, Freddy«, sagte sie. »Ich habe meiner Mutter gesagt, daß ich Leona in Washington für zwei Tage besuche, und ich habe es mit Leona besprochen. Sie werden mich alle decken –«, und goß Tee ein und holte Mohntörtchen hervor aus irgendeiner geheimen Bäckerei in der Flatbush Avenue – all das, um den Ablauf eines männlichen Appetits zu ändern und ein Fortschreiten der Unterhaltung zu ermöglichen.
»Nein, hör zu, Freddy, du nimmst dich selbst nicht ernst, und das ist der Grund, warum du nichts anderes – einen Job oder eine – eine Beziehung – ernst nehmen kannst ... Freddy, du hörst nicht zu. Du wirst lachen, aber du bist sehr barbarisch. Du lebst von der Hand in den Mund. Wenn ein Radio in der Nähe ist, hörst du Musik; wenn ein offener Kühlschrank in der Nähe ist, stopfst du dich voll; wenn ein Mädchen näher als drei Meter ist, schon hast du sie ausgezogen und auf dem Bratspieß.«
»Na, Dotty, sei nicht so anschaulich«, sagte ich. »Jeder Mann ist seine eigene Bratküche.«
Was für ein nettes Mädchen! Nur was Vulgäres sagen und schon war sie auf mir, bitter errötend, froh, daß

der East River sie von ihrer Mutter trennte. Armes Mädchen, sie war scharf.

Und sie gab. Bis Sonntagabend hatte ich einem halben Dutzend Unterhaltungen ein Ende gesetzt und ihre moralischen Urteile an der homiletischen Wurzel abgezwickt. Bis Sonntagabend hatte ich gesagt, ich liebe dich, Dotty, zweimal. Bis Montagmorgen erkannte ich die Tragweite meiner Verbindlichkeit, und es macht mir nichts aus zu sagen, daß sie mich daran hinderte, zu einem Job zu gehen, den ich Freitag ergattert hatte.

Mein Eindruck von Frauen ist, daß sie es gut meinen, aber von einer habgierigen Tradition zu einem zwanghaften Ende getrieben werden. Als Dot herausfand, daß ich mich gegen diesen Job entschieden hatte (was für ein Job? ein Job, das ist alles), unternahm sie Schritte. Sie gab mein Exemplar von *Neunzehnvierundachtzig* zurück und sagte in einer Notiz, daß ich die sechs Weingläser behalten könnte, die ihre Mutter mir geliehen hatte.

Naja, ich habe sie vermißt; man findet so weit offene Freundlichkeit nicht jeden Tag. Sie war auch kein Dummkopf. Ich würde es Bauernschläue nennen, was sie hatte. Nicht zu viel Bildung. Ihr Haar war lang und dunkel. Ich hatte es immer in ordentlichen kleinen Frisuren oder in wiedergutzumachender Unordnung gesehen, bis zu jenem Wochenende.

Es war umwerfend.

Ich vermißte sie. Und dann habe ich danach nicht allzu viel Glück gehabt. Sehr wenig Geld zum Ausgeben, und Mädchen sind mit Intuition auf die Welt gekommen. Da war ein nettes kleines verheiratetes Mädchen, deren

Mann unter einer anderen Postleitzahl rumlungerte, aber ihr Herz war nicht dabei. Ich wurde ein paar windige Schreibereien los durch meinen Schwager, einen glatten Croupier, der auf Familienfesten immer mit Geldscheinen knistert. Die Dinge kamen wieder in Schwung.

Mit meinen Windbeutelprofiten wurde ich eines Wochenendes ins Craggy-Moor katapultiert, einen Hochdruckkurort, einen starbestückten Zufluchtsort mit elfhundert Morgen Golfplatz. Als ich zurückkam, erschöpft, doch bescheiden, da war sie, ganz oben auf meinem Wohnzimmerfußboden. Mit ein paar keuchenden, freundlichen Worten und einem modernen Trick hoffte sie, einer sterblichen Angelegenheit Ewigkeit einzuhauchen, der Liebe.

»Ah, Dotty«, sagte ich, meine aufnahmebereiten Arme ausbreitend. »Ich freu mich immer, dich zu sehen.«

Natürlich machte sie Erklärungen. »Ich bin nicht darum gekommen, Freddy, wirklich. Ich bin gekommen, um mit dir zu sprechen. Wir haben eine fabelhafte Chance, richtig viel Geld zu verdienen, wenn du nur eine halbe Stunde ernst bleiben kannst. Du bist so klug, du müßtest dich richtig mit etwas befassen. Gott, du könntest auf dem Lande leben. Ich meine, selbst wenn du weiter allein wohntest, könntest du eine anständige Wohnung in einer anständigen Straße haben statt diesem Schuttabladeplatz.«

Ich küßte ihre Nasenspitze. »Wenn du ganz ernst sein willst, Dot, dann laß uns raus und spazierengehen. Komm, zieh deinen Mantel an und erzähl mir alles, wie man Geld verdient.«

Sie tat es. Wir gingen hinaus in den Park und verstreuten eine Stunde lang Herbstblätter. »Jetzt lach nicht, Freddy«, sagte sie zu mir. »Es gibt eine jiddische Zeitung, genannt *Morgenlicht.* Sie veranstaltet einen Wettbewerb: JUDEN IN DEN SCHLAGZEILEN. Jeden Tag drucken sie ein Bild und zwei Beschreibungen. Man muß sagen, wer die drei Leute sind, eine weitere Information über sie hinzufügen und es dann bis Mitternacht desselben Tages einsenden. Es dauert mindestens drei Monate.«

»Hundert Juden in den Schlagzeilen?« sagte ich. »Was für ein tolerantes Land! Also, Dot, was kriegt man für diese nützliche Information?«

»Erster Preis fünftausend Dollar und eine Reise nach Israel. Außerdem auf dem Rückweg je zwei Tage in den drei größten europäischen Hauptstädten im Freien Westen.«

»Sehr schön«, sagte ich. »Bloß, was soll das? Wieder welche auszugraben, die vorbei sind?«

»Freddy, warum mußt du alles verdrehen? Sie sind einfach stolz auf sich, und sie wollen überall in den Juden Stolz erwecken auf ihren Beitrag zu diesem Land. Bist du nicht stolz?«

»Wehe über die Kronen des Stolzes!«

»Es ist mir egal, was du denkst. Der springende Punkt ist, wir kennen jemand, der jemand bei der Zeitung kennt – er schreibt jede Woche einen kleinen Artikel – wir kennen ihn nicht wirklich, aber unser Familienname ist ihm bekannt. Also haben wir sehr gute Chancen, wenn wir es wirklich machen. Denk doch, wie gescheit du bist, Freddy. Ich kann es nicht selber machen,

Freddy, du mußt mir helfen. Es ist etwas, was ich sowieso unbedingt machen will. Wenn Dotty Wasserman etwas unbedingt will, dann ist es schon so gut wie gemacht.«

Ich hatte diese Hartnäckigkeit in ihrem Charakter früher nie bemerkt. In meinem eigenen hatte ich keine. Jeden Wochentag abends nach der Arbeit beugte sie sich gedankenvoll über meinen Schreibtisch, wobei sie zum Warmhalten eine Harris-Tweed-Jacke trug, welche die Noppenseite meines Arms ruinierte. Irgendwo draußen trug eine Kupfersträhne in ständiger Aufregung Information aus dem Brooklyner Telephon ihrer Mutter an ihr Ohr.

Wenn ich über ihre Schulter spähte, entdeckte ich manchmal den Dreiviertelanblick eines druckreifen Juden oder den ganzen Anblick eines Halbjuden. Die Bruchrechnung widersprach den Regeln nicht. Sie waren froh, daß sie ihn extrahieren und stolz sein konnten.

Je länger wir arbeiteten, desto stolzer wurde Dotty. Ihr Gesicht errötete, sie hob dann ihren Kopf von den Hieroglyphen und las ihre eigene Übersetzung. »Ein grauköpfiger, sehr geachteter Gentleman; ein Vertrauter von Kabinettsmitgliedern; ein wahrer Freund von mehreren Präsidenten; wurde oft im Park gesehen, auf einer Bank sitzend.«

»Bernard Baruch!« sagte ich kurz.

Und dann ein schwerer: »Hat beigetragen zur Erleichterung des zwischenstaatlichen Handels; seine Schöpfung ist Millionen wert und wurde letztes Jahr vollendet. Trotzdem hat er noch Zeit für Deborah, Susan, Judith und Nancy, seine vier Töchter.«

Für diesen rauchte ich und soff einen heißen Eierpunsch, den Dotty mir angerührt hatte, um mir Kraft und Umfang zu verleihen. Ich starrte den Herd an, die Decke, meine reizbaren Fensterläden – dann sagte ich ruhig: »Chaim Pazzi – er ist Brückenbauer.« Ich vergesse nie einen Namen, ganz gleich, in welchem Schriftbild er erscheint.

»Stell dir das vor, Freddy. Ich hab nicht mal gewußt, daß es einen Juden gibt, der auf dem Gebiet so viel erreicht hat.«

Tatsächlich dauerte es manchmal eine ganze Stunde, einen richtigen Namen mit einer Liste von übertriebenen Attributen zu verbinden. Wenn es so lange dauerte, konnte ich es nicht lassen zu murren: »Also, wir haben wieder einen entdeckt. Schreib ihn auf die Liste für Lieferwagen Nr. 2.«

Dotty sagte dann traurig: »Ich muß wohl glauben, daß du Spaß machst.«

Na, was glaubt ihr, warum sie mich mochte? All ihr kleinen psychoanalysierten Leutchen, jetzt sagt es mal gleich, im Chor: »Weil sie ein Masochist ist und du ein Sadist.«

Nein. Ich war sehr gut zu ihr. Und all die Liebe, die sie mir gegeben hat, habe ich erwidert. Und ich habe all unsere Verabredungen eingehalten und sie freitags angerufen, um sie an Sonnabend zu erinnern, und wenn ich Geld hatte, brachte ich ihr Blumen mit, dann Ohrringe und einmal einen schwarzen Büstenhalter, den ich in der Zeitung annonciert gesehen hatte, mit ein paar schlau genähten Fenstern zur Belüftung. Ich habe ihn noch. Sie hat nie gewagt, ihn nach Hause zu nehmen.

Aber ich lasse mich von keiner Frau auffressen.
Meine arme alte Mutter starb mit einem beträchtlichen Brocken von mir, der ihr in der Kehle steckengeblieben war. Ich war damals in der Armee, aber ich höre, daß ihre letzten Worte waren: »Stellt Freddy Eleanor Farbstein vor.« Stellen Sie sich die Nerven dieser Frau vor. Mich in eine letztwillige Verfügung einzuschließen. Sie hinterließ meine Schwester diesem Werbemann und kulinarischen Experten mit Bürstenschnitt. Sie hinterließ meinen Vater dem Mitleid von Tanten, während sie mich, ihren köstlichsten Besitz und das beste Stück Fleisch in der Kühltruhe ihres Herzens, Ellen Farbstein hinterließ.
Tatsächlich sagte Dotty sich: »Ich bin nie mit einem Jungen gegangen, der so aufmerksam war wie du, Freddy. Du bist immer da. Ich weiß, wenn ich einsam bin oder deprimiert, dann brauche ich dich nur anzurufen, und du kommst und läßt alles stehen und liegen. Denk nicht, daß ich das nicht zu schätzen weiß.«
Die Wahrheit ist nachweislich, daß ich nicht viel tat. Mein Schwager hätte mich in Klee betten können, aber er tat so, als wäre ich ein Spezialist für gewisse blumige Schreibereien, die sein Konzern sehr gelegentlich brauchte. Darum war ich in der Lage, meinen Verstand, meine Energie und Aufmerksamkeit den JUDEN IN DEN SCHLAGZEILEN zu widmen – *Morgenlicht*, die Morgenzeitung, die am Abend zuvor erscheint.
Und so erreichten wir das Ende. Dot glaubte wirklich, daß wir gewinnen würden. Ich war fast überzeugt. Bei heißer Schokolade und Schraubenzieher-Cocktails phantasierten wir sechs Wochen dahin.

Wir gewannen.
Ich bekam einen Neunuhranruf eines Morgens mitten in der Woche. »Erhebe dich und leuchte, Frederick P. Sims. Wir haben's geschafft. Siehst du, wenn du dich wirklich hinter eine Sache klemmst, schaffst du sie auch.«
Sie hörte mittags auf zu arbeiten und traf mich zum Essen in einem Straßencafé im Village, voller Lächeln und korrupt vor Stolz. Wir aßen sehr gut, und ich mußte die folgende Information hören – einen Teil davon hatte ich erwartet.
Es war alles auf ihren Namen. Natürlich mußte ihre Mutter was kriegen. Sie hatte bei der Übersetzung geholfen, weil Dotty im Grunde nur sehr wenig Jiddisch konnte (ganz zu schweigen von ihrer Sorge um die Sicherheit im Alter); und es war nötig, hatten sie in einer mitternächtlichen Konferenz beschlossen, etwas Geld an ihre alte Tante Lise zu schicken, die aus Europa herausgekommen war bloß neunzig Minuten, bevor es endgültig dichtgemacht wurde, und nun in Toronto unter Fremden war und den größten Teil ihres Verstandes verloren hatte.
Die Reise ins Ausland nach Israel und drei andere europäische Hauptstädte war für zwei (2). Sie mußten verheiratet sein. Wenn unter unseren Papieren keines war, das unsere gesetzliche Verbindung nachwies, wollte sie allein fahren. Bevor ich meine zusammenfassende Stellungnahme abgeben konnte, kreischte sie oh!, ihre Mutter wartete vor Lord and Taylor's. Und weg war sie.
Ich rauchte meine elende verkrustete Pfeife und überschlug meine Position.

In einem andern Teil der Stadt drehten sich mittlerweile Räder, summten Pressen, und am nächsten Tag waren die Tatsachen von rechts nach links zusammengestellt in der Hauptschlagzeile von *Morgenlicht:*

!TNNIWEG NAMRESSAW YTTOD

TSSUWEG SELLA TAH NYLKOORB SUA NEHCDÄM

Unten rief mir, ordentlich eingerahmt, ein Bild von Dotty und mir beim Mittagessen ein Blitzlicht in Erinnerung, das am Tage vorher den Reispudding illuminiert hatte, als ich durchnäßt in der Patsche meiner bescheidenen Hoffnungen saß.

Ich schickte Dotty eine Postkarte. Darauf stand: »Nichts zu wollen.«

Die endgültige Regelung war kompliziert wegen der israelischen Regierung, die sich weigerte, Dollarnoten Ausgang zu geben, welche die größte Tour der Welt machten. War er einmal in jener Provinz von Kosmopoliten, erwartete man vom Dollar, daß er seine hedonistische Rolle als amerikanisches Spielzeug aufgab und das presbyterianische Leben eines Werkzeugs führte.

Innerhalb von zwei Wochen kamen Briefe aus dem Ausland, die diese Information enthielten und Bilder von Dotty, wie sie einen Kibbuz anlächelte, mitfühlend an einer Klagemauer lehnte, salbungsvoll in einem Orangenhain.

Ich beschloß, in einer Agentur einen dauerhaften Job für ein paar Monate anzunehmen, indem ich den folgenden Text an die Photographien aufrechter Männer heftete:

DIES IST BILL FEARY. ER IST DER MANN, DER IHRE AUF-

TRÄGE ENTGEGENNIMMT FÜR – TONNEN VON RED-LABEL-DÜNGER. ER KENNT DEN MITTLEREN WESTEN. ER KENNT IHRE BEDÜRFNISSE. SAGEN SIE BILL ZU IHM UND IHRE WÜNSCHE GLEICH.

Ich war ordentlich und braunäugig, unschuldig und gewandt, gekränkt von den Schikanen meiner Kollegen, angetrieben von Anständigkeit, auf dem geraden Weg nach oben.

Die schmalschenkligen Mädchen waren mit dem Traktor nach New York gebracht worden, und sie waren auch auf dem geraden Weg nach oben, durch das Fegefeuer der menschlichen Habsucht in den Hurenhimmel, den Palast des Besitzes.

Während ich mich mit meinen Träumen abmühte, gab Dotty einiges Geld aus, um den Schiefen Turm von Pisa zu sehen und in einer Gondel zu fahren. Sie beschloß, in London mindestens zwei Wochen zu bleiben, weil sie sich dort zu Hause fühlte. Und so blieb all dieser Profit schließlich in den Händen von Ausländern zurück, die ihn zu ihrem eigenen Vorteil anlegen würden.

Eines nebligen Tages erinnerte mich das Dröhnen der Nebelhörner, das sich um die Insel von Manhattan wälzte, an ein Kabel, das ich zu ignorieren beschlossen hatte. ANKOMME QUEEN ELIZABETH MITTWOCH 16.00. Ich ignorierte es erfolgreich den ganzen Tag und befaßte mich gleichgültig mit ein paar kühlen Blonden. Und ging nach Hause und war einsam. Ich war den ganzen Abend einsam. Ich versuchte, einen Brief zu schreiben an ein athletisches Mädchen, das ich vor ein paar Wochen in einer Skihütte getroffen hatte... Ich

überlegte, ob ich ein paar Freunde anrufen sollte, aber die reine nie ausgesprochene Wahrheit ist, daß Frauen einen isolieren. Es war niemand zum Anrufen da.
Ich ging raus, eine Abendzeitung holen. Las sie. Hörte Radio. Ging raus, eine Morgenzeitung holen. Trank ein Bier. Las die Zeitung und wartete auf die Berechnung des Morgens.
Ich ging nicht zur Arbeit am nächsten Tag oder am Tag danach. Kein Wort kam von Dot. Sie muß am Boden gewesen sein vor Schuldgefühl. Armes Mädchen...
Ich schrieb ihr schließlich einen Brief. Er war sehr deutlich.

Meine liebe Dorothy,
wenn ich unsere Beziehung bedenke und mir ihre Jahreszeiten zurückrufe, die Sommersonne, die darauf schien, und den Winterschnee, durch den sie sich gepflügt hat, kann ich immer noch keinen Grund für Dein gewissenloses Verhalten finden. Ich weiß wohl, daß Du von den scheußlichen Vorbildern Deiner Mutter und aller Mütter vor ihr angestiftet warst. Du warst, mit einem Wort, eine Prostituierte. Die Liebe und Freundschaft, die ich gegeben habe, waren offenbar nicht genug. Was hast Du gewollt? Du gabst mir das Sumpfwasser Deiner Liebe, um darin zu ertrinken, und weil ich mich weigerte, hast Du diese verzweifelte Rache geplant.
In vollem Ernst habe ich Dir geholfen und mein Gedächtnis durchgekämmt nach denen unseres Glaubens, die den pressefreudigen Nerv dieser Nation getroffen haben.

Was hast Du gewollt?
Heiraten?
Ah, das ist es also! Ein glückliches Pappi-und-Mammi-Heim. Den heimseligen Tag, wo Du Dein Haar mit Lockenwicklern hochstecken kannst und Creme in Deine Augenwinkel wischen ... Ich glaube nicht, daß Fred für so was gemacht ist.
Ich bin neunundzwanzig Jahre alt und werde nicht jünger. Alle um mich herum, die Reifegeprüften, haben ihre Säbelbeine an die Erfolgsleiter geklemmt. Dotty Wasserman, Dotty Wasserman, was kann ich Dir sagen? Wenn Du findest, daß ich schroff zu Dir gewesen bin, so sieh der Tatsache ins Auge, daß Du mir nicht ins Auge zu sehen gewagt hast.
Wir hatten die eine oder andere wunderbare Zeit miteinander. Wir könnten sie wieder haben. Dies ist eine großartige Gelegenheit, auf einer menschlicheren Basis neu anzufangen. Du kannst mir Deine enge Ansicht vom Leben nicht aufzwingen. Entschließ Dich, Dotty Wasserman.

Mit wiedererweckter Zuneigung
Dein ergebener
F.

P.S. Dies ist Deine *letzte* Chance.

Zwei Wochen später bekam ich einen Hundertdollarschein.
Eine Woche danach fand ich an meiner Tür eine sorgfältig verpackte lederne Brieftasche, handgenäht in

Italien, und einen Projektor mit einem Kasten Dias, die interessante Ansichten von Europa und Nordafrika zeigten.

Und danach nichts weiter.

Ein Interesse am Leben

Mein Mann schenkte mir einmal einen Besen zu Weihnachten. Das war nicht richtig. Niemand kann mir erzählen, daß es nett gemeint war.

»Ich will nicht, daß du gar nichts zu Weihnachten kriegst, wenn ich weg bin in der Armee«, sagte er. »Virginia, bitte sieh ihn an. Dazu gehört dieses unwahrscheinliche Fegeblech. Es hängt an einer Stange. Sieh es doch an, ja? Bist du blind oder schielst du?«

»Danke, mein Guter«, sagte ich. Ich hatte mir immer ein Fegeblech gewünscht, das so aufgehängt wurde. Es war ein gutes. Mein Mann kauft nicht in Restekellern oder im Winterschlußverkauf.

Wie dem auch sei, trotz seiner Qualität, es war ein gemeines Geschenk für eine Frau, die du nie wiederzusehen vorhattest, eine Person, mit der du Kinder hattest und über die du dich dauernd hergemacht hast, betrunken oder nüchtern, sogar wenn alle Leute aufstehn mußten früh am Morgen.

Ich fragte ihn, ob er warten könnte und in einer halben Stunde zur Armee gehen, da ich einkaufen mußte. Ich lasse Kinder nicht gern allein in einer Dreizimmerwohnung voller Gas und Elektrizität. Feuer kann ausbrechen wegen einer bösartigen Bemerkung. Oder der Älteste beschließt, es dem Jüngsten mal heimzuzahlen.

»Nur dies eine Mal«, sagte er. »Aber du überlegst dir besser, wie du ohne mich zurechtkommst.«

»Du bist ein geistig behinderter Mensch«, sagte ich.

»Man hätte dich schon vor Jahren in ein Heim stecken sollen.« Ich knallte die Tür zu. Ich wollte nicht sehen, wie er seine Unterwäsche und gebügelten Hemden einpackte.

Ich kam allerdings nicht weiter als bis zur Treppe vor dem Haus, weil dort Frau Raftery stand, die Hände ringend, Tränen in den Augen, als ob sie ein Monopol hätte für all die guten Nachrichten.

»Frau Raftery!« sagte ich und legte meinen Arm um sie. »Nicht weinen.« Sie stützte sich auf mich, weil ich so einen Körperbau habe wie ein Pferd. »Nicht weinen, Frau Raftery, bitte!« sagte ich.

»Das sieht Ihnen ähnlich, Virginia. Immer die Schattenseite der Dinge sehen. ›Hol die Wäsche rein. Es regnet!‹ So sind Sie. Sie sind die erste, wo weiß, wenn der Müllschlucker kaputtgeht.«

»Ach, hörn Sie doch auf, das ist gar nicht wahr. Es ist einfach nicht wahr«, sagte ich. »Ich bin das genaue Gegenteil.«

»Haben Sie Frau Cullen schon gesehen?« fragte sie, ohne darauf einzugehen.

»Wo?«

»Virginia!« sagte sie, schockiert. »Sie ist verstorben. Das ganze Haus weiß es. Sie haben sie in Weiß gelegt wie eine Braut, und Sie haben noch nie so ein wunderschönes Geschöpf gesehen. Sie muß achtzig sein. Ihr Mann ist stolz.«

»Sie war nie mehr als eine Bekannte; sie hatte keine Kinder«, sagte ich.

»Nun, das ist mir egal. So, Virginia, Sie tun, was ich Ihnen jetzt sage, Sie gehen runter und sagen so ungefähr – hören Sie zu – sagen wir: ›Ich höre, Herr Cullen, Ihre Frau ist verstorben. Das tut mir leid.‹ Dann fragen Sie ihn, wie es ihm geht. Dann sollten Sie um die Ecke gehen und sie ansehen. Sie ist bei Witson & Wayde. Dann sollten Sie zur Kirche rübergehen, wenn sie sie rübertragen.«

»Es ist nicht meine Kirche«, sagte ich.

»Das spielt keine Rolle, Virginia. Sie gehen folgendermaßen rauf«, sagte sie und ging von mir weg und vollführte ein Tänzeln. »Die großen Stufen vorne rauf, rein in die Kirche gehn Sie. Es ist schön da drinnen. Eine kleine Minute müssen Sie schon knien. Dann rechts rum. Dann die andere Treppe rauf. Dann kommen Sie zu einer großen Eichentür, die sich über Ihnen wölbt, dann«, sagte sie, wobei sie einen tiefen, tiefen Atemzug tat voller Gefühl, wie gut er ihr bekam, »und dann drehen Sie den Türknopf langsam und öffnen die Tür und sehen selbst: Unsere Gesegnete Mutter hat alles in die Hand genommen. Schön. Schön. Schön.«

Ich seufzte ein und stöhnte aus, um einen gewissen Schmerz um mein Herz zu schmelzen. Ein Stahlring wie Arthritis, in meinem Alter.

»Sie sind eine Jammerliese«, sagte Frau Raftery und glotzte mir in den Hals.

»Bin ich nicht«, sagte ich. Ihr Hauch streifte mich, ein schrecklich billiger Fuselwein.

Mein Mann warf von innen einen Penny gegen die Tür, um meine Aufmerksamkeit von Frau Raftery abzuziehen. Er rüttelte an der Glastür, damit ich ihn auch ganz sicher ansah. Er hatte einen fetten Kleidersack auf jeder Schulter. Wo hatte er so viele weltliche

Besitztümer erworben? Was war da drin? Die Gänsefedern meiner Großmama, von jenseits des Ozeans? Oder all die Windeln vom Windeldienst? Bis zum heutigen Tage liegt die Wahrheit im Leichentuch des Geheimnisses verborgen.

»Was, zum Teufel, machst du, Virginia?« sagte er und ließ sie vor meine Füße plumpsen. »Stehst da draußen auf deinen Hinterbeinen und erzählst allen Leuten deine Privatangelegenheiten? Die Armee läßt einem nicht unbegrenzt Zeit, Herrgottnochmal, die verstehen keinen Spaß.« Dann sagte er »Entschuldigung« zu Frau Raftery. Er ergriff mich mit seinen beiden Armen wie aus Liebe und preßte seinen Körper hart gegen meinen, damit ich ihn zum letztenmal fühlen und meinen Verlust ermessen konnte. Dann küßte er mich auf eine gemeine Art, wovon beinahe meine Lippe platzte. Dann zwinkerte er mir zu und sagte: »Das ist im Augenblick alles«, und sprang ab in die Zukunft, die Kleidersäcke voller Lumpen.

Er verließ mich in einer peinlichen Situation, fast ohnmächtig, vor dieser alten Witwe, die nicht mal die Hälfte im Kopf behalten kann. »Er ist ein Schnösel«, sagte Frau Raftery. »Geht er für immer weg, oder nur vorübergehend, Virginia?«

»Ach, wahrscheinlich verläßt er mich«, sagte ich und setzte mich auf der Treppe hin, meine großen Knie ans Kinn hochgezogen.

»Wenn das der Fall ist, melden Sie es bloß gleich bei der Fürsorge«, sagte sie. »Er ist ein Strolch, Sie grade vor Weihnachten zu verlassen. Sagen Sie's den Bullen«, sagte sie. »Die werden gern das Spielzeug für die kleinen Kinder besorgen. Und vergessen Sie nicht, dem Kaufmann Bescheid zu sagen. Er nimmt es dann bei Ihnen nicht so genau mit dem Bezahlen.«

Sie sah, daß Traurigkeit weltweit über mein Gesicht gebreitet war. Frau Raftery ist nicht die übelste Person. Sie sagte: »Sehn Sie sich nach Trost um, Liebe.« Mit einem nervösen Finger wies sie auf die Lastwagenfahrer, die gegenüber auf ihren Schenkeln zu Mittag aßen, auf die Ladeplattformen gelehnt. Sie winkte mit der Hand, um alle Männer einzuschließen, die auf- und abmarschierten auf der Suche nach einer anständigen Imbißstube. Sie ließ auch die sechs Hafenarbeiter nicht aus, die unter dem Zelt des Fischmarkts herumlungerten. »Wenn ihre Lungen und Mägen nicht von Überarbeitung kaputtgehen, verschwinden sie irgendwo auf der Welt. Seien Sie nicht enttäuscht, Virginia. Ich kenne keinen lebenden Mann, der ein ganzes Leben vorhielte.«

Zehn Tage später fragte Girard: »Wo ist Pappi?«

»Stell keine Fragen, dann erzähl ich dir keine Lügen.«

Ich wollte nicht, daß die Kinder die Tatsachen wüßten. Gegenwärtig oder vergangen, ein Kind sollte einen Vater haben.

»Wo *ist* Pappi nun?« fragte Girard die Woche danach.

»Er ist zur Armee gegangen«, sagte ich.

»Er hat meine Schlafkoje gemacht«, sagte Phillip.

»Die Wahrheit wird dich frei machen«, sagte ich.

Dann setzte ich mich hin mit Bleistift und Block, um einen Überblick über meine Aktiva zu gewinnen. Die Tatsachen, wenn ich sie addierte und subtrahierte, bestanden darin, daß mein Mann mich mit vierzehn Dollar und die Miete nicht bezahlt in einem Notstand zurückgelassen hatte. Er hatte behauptet, er bedaure seine Handlungsweise, aber meine Ansicht ist, aus den Augen, aus dem Sinn. »Die Stadt läßt dich schon nicht verhungern«, hatte er gesagt. »Schließlich seid ihr die halbe Bevölkerung. Ihr sorgt dafür, daß noch Arbeit getan wird. Ohne euch würde die Rasse aussterben. Wer würde die Steuern bezahlen? Wer würde die Straßen sauberhalten? Es gäb keine Armee nicht. Ein Mann wie ich hätte keinen Platz, wo er hingehen könnte.«

Ich schickte Girard gleich runter zu Frau Raftery mit einer Nachfrage über das Wie und Wo der Fürsorge. Sie antwortete U. A. w. g. mit einer zusätzlichen Bemerkung in linkshändiger Schrift: »Armer Girard ... er ist nicht der Junge, der mein John war!«

Wer hat sie danach gefragt?

Gleich nach Neujahr sprach ich bei der Fürsorge vor. Ich entdeckte im Handumdrehen, daß sie darauf eingerichtet sind, mit Lügnern zu verkehren, und wenn man wahrhaftig ist, sind sie enttäuscht. Sie können sich sogar weigern, den Fall zu bearbeiten, wenn man zu wahrhaftig ist.

Sie fragten zu Anfang vernünftige Fragen. Sie fragten, wo mein Mann sich gemeldet hätte. Ich wußte es nicht. Sie setzten ein paar Briefschreiber und Agenten auf ihn an. »Er ist nicht in der Armee der Vereinigten Staaten«, sagten sie. »Versuchen Sie's bei der brasilianischen Armee«, schlug ich vor.

Sie haben keinen Sinn für kleine Scherze. Sie sind nicht das geringste bißchen leichtherzig, und sie versuchten

es. »O nein«, sagten sie. »Das war nicht richtig. Er ist nicht in der brasilianischen Armee.«
»Nein?« sagte ich. »Wie seltsam! Er muß in der mexikanischen Marine sein.«
Dem Gesetz nach mußten sie seine Brüder aufstöbern. Sie schrieben seinem Bruder, der eine der besseren Mitgliedskarten bei den Transportgewerkschaften hat und ein Apartmenthaus in Kalifornien besitzt. Sie forderten seine beiden Brüder in Jersey auf, mir zu helfen. Sie haben große Familien. Sie lachten mit Recht. Dann schrieben sie an Thomas, den ältesten, den pfiffigen (den, für den sie alle jahrelang so hart gearbeitet haben, damit er im College bleiben konnte, bis sein Gehirn in der Lage war, sich bezahlt zu machen). Er war es, der sofort zehn Dollar schickte mit den Worten: »Was für ein Schweinehund! Ich will Dir was schicken von Zeit zu Zeit, Ginny, aber was Du auch machst, sag den Behörden nichts.« Natürlich habe ich nicht. Bald fingen sie an zu finden, daß sie bessere Menschen waren als ich, daß ich in Schwierigkeiten war, weil ich es verdiente, und dann mochten sie mich lieber.
Aber sie haben nie meinen Kühlschrank repariert. Jedesmal, wenn ich anrief, sagte ich geduldig: »Die Milch ist sauer ...«, ich sagte: »Corned beef ist schlecht geworden.« Ich saß zum sechstenmal (sechzig Cents) in dieser nach Bier stinkenden Telefonzelle bei Felan's mit dem Baby auf dem Schoß, während Barbie mit einer amerikanischen Fahne an die Glastür klopfte, und weinte in das hartherzige Ohr der Sekretärin: »Ich habe richtige Butter gekauft für den Feiertag, und sie ist ranzig ...« Sie sagten: »Sie werden sich um ein

günstigeres Angebot für die Reparatur bemühen müssen.«
Während ich drinnen auf einen Mann wartete, der ein Angebot machen sollte, fing Girard an, oben auf der Badezimmertür hin- und herzuschaukeln, bloß um sich zu beruhigen, zum Lachen, verträumt, und knabberte Kalk von der Decke. Als sie's das erstemal sah, sagte Frau Raftery: »Verdreschen Sie den Affen, Arsen wäre noch gesünder für ihn.«
Aber Girard ist mein Sohn, und ich bin der Richter. Es bedeutet etwas Schreckliches für die Zukunft, obwohl ich nicht weiß, wie ich es nennen soll.
Daß ich dauernd an meine Vorahnungen in dieser und andern Sachen dachte, daß ich, wenn ich täglich meinen Lippenstift auflegte, beobachtete, wie mein Gesicht sich einfach zum Sterben zusammenkräuselte, – um mich davon zu erretten, kam John Raftery aus Jersey.
Donnerstags nahm John Raftery sowieso die U-Bahn in die Stadt, um seine Mutter zu besuchen. Das ganze Haus wußte es. Sie war fröhlich schon vor dem Frühstück. Sie sang laut in einem Backfisch-Irisch, das ihrer Zunge nur für große Gelegenheiten zu Gebote stand. Wenn sie die Wäsche raushängte, errötete sie beim Gedanken daran, was für ein bemerkenswerter Junge ihr John gewesen war. »Fragt die Schwestern um die Ecke«, sagte sie zu den offenen Küchenfenstern. »Sie werden John nie vergessen.«
An diesem einen bestimmten Abend sagte Frau Raftery nach dem Essen zu ihrem Sohn: »John, wie kommt's, du sagst deiner guten alten Freundin Virginia nie guten Tag? Sie hat Pech gehabt und ist schwermütig.«

»Wenn das so ist, Mutter«, sagte er und stieg sofort zwei Treppen rauf, um an meine Tür zu klopfen.
»Ach, John«, sagte ich bei seinem Anblick; Hut in der Hand, mit einem weißen Hemd und blaugestreiftem Schlips, wie aus dem Ei gepellt, ein Sonntagsschulmann.
»Hallo!«
»Willkommen, John!« sagte ich. »Setz dich. Komm doch rein. Wie geht's dir? Du siehst irrsinnig gut aus. Wirklich. Erzähl mir, wie ist es dir die ganze Zeit gegangen, John?«
»Wie ist es mir gegangen?« fragte er gedankenvoll. Um vernünftig zu antworten, beschrieb er sein Leben mit Margaret, Ehe, Arbeit und Kinder bis zum heutigen Tag.
Ich hatte nichts Gutes zu berichten. Jetzt, wo er mir das Thema so geradezu vor Augen gerückt hatte, rauchte jeder angebrannte Tag meines Lebens vor Scham, und ich konnte nicht einmal die guten halben Stunden klar sehen.
»Natürlich«, sagte er, »hast du wirklich entzückende Kinder. Sehen bemerkenswert aus, Virginia. Gutes Aussehen ist immer etwas, wofür man dankbar sein muß.«
»Dankbar?« sagte ich. »Ich brauche nur meiner eigenen Dummheit dankbar zu sein für vier Kinder, wo ich sechsundzwanzig Jahre alt bin, verlassen und verarmt, vom Aussehen einmal abgesehen. Ein Mann kann nichts dafür, aber ich hätte mich besser benehmen können.«
»Sei nicht so grausam mit dir selbst, Ginny«, sagte er. »Kinder kommen von Gott.«
»Du bist immer noch gut in heiligen Sprüchen, was? Du weißt verdammt gut, wo Kinder herkommen.«

Er wußte es. Sein rotes Gesicht errötete weiter. Bei John Raftery kam diese Farbe immer an die Oberfläche, als Junge und als Mann, weil er seine Wut so bei sich behielt.

Immerhin wurde seine Unterhaltung danach vernünftiger, und ich goß frischen Tee ein, um ihm zu erzählen, wie mein Mann mich gemocht hatte, weil ich ein leidenschaftlicher Mensch war. Das war, bevor er einen Blick um sich warf und sah, wie dieses Leben auf die Dauer doch immer auf dasselbe hinauslief. Er versuchte, sich von mir abzuwenden, als er das einmal begriffen hatte, und mich so weit zu bringen, daß ich ihn haßte. Sein Gesicht veränderte sich. Er gab seine Zigarettenmarke auf, die wir gemeinsam hatten. Er warf die beiden Paar Socken raus, die ich handgestrickt hatte. »Wenn ich irgendwas auf dieser Welt hasse, dann ist es Marineblau«, sagte er. Ach, ich hätte sie färben können. Ich hätte alles für ihn getan, wenn es ihm nur nicht zu schwergefallen wäre, mich darum zu bitten.

»Du warst ein nettes Mädchen damals«, sagte John, wobei er sich auf gewisse Samstagabende berief. »Ein wildes, nettes Mädchen.«

»Aaah«, sagte ich angewidert. Was immer ich damals war, ich war auf dem Wege dahin, wo ich heute bin. »Ich war vorwitzig. Wenn ich ein Kind hätte wie mich, würde ich ihr welche um die Ohren hauen, bis sie schielte.«

Genau am nächsten Donnerstag schenkte John mir ein schönes Radio mit einem Plattenspieler. »Viel Vergnügen«, sagte er. Das machte die Fürsorge richtig sprachlos. Wir besaßen keine Platten, aber der Prüfer

sah, daß meine Bürde leichter geworden war, und er kritzelte ein Dutzend Seiten darüber in sein Notizbuch.
Am dritten Donnerstag brachte er eine gehende Puppe mit (sechzig Zentimeter) für Linda und Barbie mit einer Karte, auf der stand: »Eine Babypuppe für ein paar Puppen.« Er hatte auch ein paar getrunken bei seiner Mutter, und deshalb wollte er gern tanzen. »La-la-la«, sang er, ein Ladestock, der sich auf meinem Küchenstuhl schaukelte. »La-la-la, geh doch ein bißchen aus dir heraus ...«
»You gotta give a little«, sang er, »live a little ...« Er sagte: »Virginia, darf ich um diesen Tanz bitten?«
»Ssch, wir haben sie endlich soweit, daß sie schlafen. Bitte, stell das Radio kleiner. Leise. Grabesstille, John Raftery.«
»Laß mich dein Geschirr abwaschen, Virginia.«
»Sei nicht albern, du bist Gast in meinem Hause«, sagte ich. »Ich betrachte dich noch als Gast.«
»Ich möchte etwas für dich tun, Virginia.«
»Sag mir, daß ich eine ungeheuer blendende Erscheinung bin«, sagte ich und tauchte meinen Arm bis zum Musikantenknochen in Abwaschbrühe.
Er antwortete nicht. »Ich habe grade ziemliche Schwierigkeiten im Geschäft«, war alles, was er sagte. Dann hörte ich ihn den Stuhl zurückschieben. Er kam hinter mich, legte seine Arme um meine Taille und küßte meine Wange. Er wirbelte mich herum und nahm meine Hände. Er sagte: »Ein alter Freund ist besser als Edelsteine.« Er sah mir ins Auge. Er fesselte meine Aufmerksamkeit, indem er ehrlich zu sein versuchte.

Und er küßte mich mit einem kurzen süßen Kuß auf den Mund.

»Bitte setz dich hin, Virginia«, sagte er. Er kniete vor mir und legte seinen Kopf in meinen Schoß. Ich war bewegt von so viel Aktivität. Dann sah er zu mir auf, und als wollte er den Bund fürs Leben vorschlagen, bot er mir – weil er betrunken war – an, seine unsterbliche Seele aufs Spiel zu setzen, um mich zu trösten.

Erst sagte ich: »Danke.« Dann sagte ich: »Nein.«

Er tat mir leid, aber er ist fromm, ein Leiter des Väterclubs in seiner Kirche, aktiv in allen Laiengruppen für Wohltätigkeit, Waisen usw. Ich wußte, wenn er lange bliebe, um mit mir zu lieben, dann würde er es nicht leichthin tun, sondern würde schließlich schwer dafür büßen und sein langes Leben ruinieren. Die Verantwortung dafür trüge ich.

Also sagte ich nein.

Und Barbie hat so einen leichten Schlaf. Sie braucht bloß, dachte ich, aufzuwachen, hereinmarschiert zu kommen und ihre Mutter und ihren neuen Freund John mit den Hosen um die Knie auf dem Küchentisch sich balgen zu sehen. Ein solcher Anblick könnte ein Kind fürs Leben beeinträchtigen.

Ich sagte nein.

Alle in diesem Hause sind so verdammt neugierig. An diesem Abend mußte ich nein sagen.

Aber John kam sowieso am vierten Donnerstag zu Besuch. Diesmal brachte er die abgelegten Kleider von Margarets Töchtern mit, Tanzkleider aus Organdy und satinierte Baumwolle für täglich. Sanft bewunderte er Barbara und Linda, wobei er seine blauen

Augen zur Unterstützung von ein paar Dutzend Ooohs und Aaahs rollen ließ.
Sogar Phillip, der glaubt, daß Gott ihm nur eine bestimmte Menge von Hallos gegeben hat und daß er sie lieber für das Jüngste Gericht aufsparen sollte, Phillip lehnte sich an John und sagte: »Warum bringst du nicht deinen Jungen mit, damit er mit mir spielt? Ich habe niemand zum Spielen.«
Phillip ist ein Lügner. Es müssen mindestens einundsiebzig Kinder in diesem Haus sein, blaßrosa bis mittelbraun, Englisch sprechende und welche, die Spanisch schnattern, Radaubrüder, des Lone Rangers blutige Gesellen oder das genaue Ebenbild von Supermaus. Wenn ein Junge einen Freund haben wollte, konnte er sich genau den richtigen unter seinen Nachbarn aussuchen.
Außerdem ist Girard ein kalter Fisch. Er befand sich in einsamer Verzweiflung. Manchmal sah er in den Spiegel und sagte: »Wie kommt's, daß ich so ein häßliches Gesicht habe? Meine Nase ist komisch. Meistens mögen die Leute mich nicht.« Er war auch ein Lügner. Girard hat ein Gesicht wie sein Vater. Seine Augen haben die Farbe von diesen kleinen blauen Pflaumen im August. Er sieht aus wie eine Anzeige in einer Illustrierten. Er könnte ein Kindermodell sein und viel Geld verdienen. Er ist mein erstes Kind, und wenn er glaubt, daß er häßlich ist, glaube ich auch, daß ich häßlich bin.
John sagte: »Ich kann es nicht haben, wenn ein Junge so den Kopf hängen läßt ... Was sagen die Schwestern in der Schule?«

»Er paßt nicht auf, das ist alles, was sie sagen. Man kann nicht viel aus ihnen rausholen.«

»Mein mittlerer Junge war auch so«, sagte John. »Interessierte sich für nichts. Aaah, ich wollte, ich hätte nicht so viel Kopfschmerzen im Geschäft. Ich würde Girard am Kragen packen und ihn dazu bringen, daß er Notiz nimmt von der Welt. Ich wollte, ich könnte ihn einladen nach Jersey raus, damit er auf all dem Platz spielen könnte.«

»Warum nicht?« sagte ich.

»Hör mal, Virginia, ich bin überrascht, daß du nicht weißt, warum nicht. Du weißt genau, daß ich deine Kinder nicht mitnehmen kann, damit sie meine Kinder kennenlernen.« Ich fühlte eine Menge starke Arthritis in meinen Rippen.

»Dabei ist meine Mutter so komisch, Virginia.« Er hatte das Gefühl, er müßte mit dem Thema fortfahren. »Ich weiß nicht. Ich nehme an, sie freut sich an dem Gedanken, Margaret zu ärgern. Sie sagt: ›Gehste rauf, John?‹ – ›Ja, Mutter‹, sag ich. ›Benimm dich, John‹, sagt sie. ›Der Mann da könnte nach Hause kommen und dich durch den Fleischwolf drehen. Du bist ein Katholik, John‹, sagt sie. Aber ich habe es rausgekriegt. Sie hat das Gefühl gern, daß ich im Hause bin. Ich schwöre, Virginia, sie wünscht mir Glück.«

»Das tu ich auch, John«, sagte ich. Wir tranken ein letztes Glas Bier, um für einen friedlichen Schlaf zu sorgen. »Gute Nacht, Virginia«, sagte er und schlang seinen Schal ordentlich unter sein Kinn. »Mach dir keine Sorgen. Ich will mal drüber nachdenken, was man mit Girard machen kann.«

Ich ging in das große Bett, das ich mit den Mädchen im kleinen Zimmer teile. Ausnahmsweise hatte ich keine Mühe einzuschlafen. Ich brauchte mir nur über Linda und Barbara und Phillip Sorgen zu machen. Es war eine große Erleichterung, daß John das Nachdenken über Girard übernommen hatte.

John meinte es ernst. Das ist wahr. Er verwandte eine große Menge Aufmerksamkeit auf Girard und kam all seinen schleichenden Sorgen auf die Spur. Er trug ihn bei einer wilden Meute von Pfadfinderwölfen ein, die einmal in der Woche zur Bronx raufgingen, um Dampf abzulassen. Er schenkte ihm einen Stabilbaukasten für Anfänger. Und manchmal, wenn seine Familie nicht zuhörte, betete er ziemlich lange für ihn.

Eines Sonntags sagte Schwester Veronica mit ihrer süßen Stimme aus einem andern Leben: »Er ist nicht schlechter geworden. Vielleicht ist er sogar ein bißchen besser. Wie geht es *Ihnen*, Virginia?« und dabei legte sie ihre Hand auf meine. Alle hier in der Gegend tun so, als ob sie alles wüßten.

»Wirklich gut«, sagte ich.

»Wir sollten mit Phillip anfangen«, sagte John, »wenn es wahr ist, daß Girard Fortschritte macht.«

»Du hättest Sozialarbeiter werden sollen, John.«

»Das haben schon viele Leute bei mir festgestellt«, sagte John.

»Deine Mutter hat immer so verrückt getan mit dir, wie kommt's, daß sie sich nicht ein bißchen abgeschuftet hat, damit sie dich aufs College kriegen konnte? Wie wir mit Thomas?«

»Nun, Virginia, sei nicht ungerecht. Sie ist eine arme

alte Frau. Mein Vater kriegte Wochenlohn. Sie brauchte meinen Verdienst, und ich will dir sagen, Virginia, es tut mir nicht leid. Guck Thomas an. Er ist immer noch auf der Schule. Laß ihn in diesem Dschungel allein, und er wird verschlungen. Er hat noch nichts vom wirklichen Leben gesehen. Und hier sieh mich an, mit einem ganzen Berg Familie, einem eigenen Heim, einem Namen im Baugewerbe. Eins muß ich dir sagen, der armen alten Frau tut es leid. Ich sagte eines Tages (ach, beiläufig – vor Jahren), daß ich dich vielleicht heiraten würde. Sie steckte sich ein Messer in den Leib. Tatsache. Nicht mehr als drei Millimeter. Du hast noch nie so einen blutigen Sonntag gesehen. Nur eins – du wärst eine bessere Schwiegertochter für sie gewesen als Margaret.«

»Mich heiraten?« sagte ich.

»Nun, ja ... Aaah – ich mochte dich immer gern, damals ... Warum glaubst du, daß ich jeden Donnerstagabend im Dämmer dieser Küche sitze? Verdammt noch mal, das einzig warme hier ist diese Teetasse. Jawohl, ich wollte dich heiraten, Virginia.«

»Ohne Spaß, John? Wirklich?« Es war schön zu wissen. Besser spät als nie erfahren, daß man in seiner Jugend begehrt war.

Ich sagte es John nicht, aber die Wahrheit ist, daß ich ihn nie geheiratet hätte. Nachdem ich einmal meinen Mann mit seinem Augenzwinkern getroffen hatte, war er mein einziges Interesse. Nachdem ich mit John und den andern wild gewesen war, übertrug ich all meine Wildheit auf ihn, und dann gab es keine Frage mehr in meinem Herzen.

Trotzdem, man muß den Tatsachen ins Auge sehen, wenn mein Mann im Leben nicht von der Stelle kam, war es meine Schuld. Über mich, wie es heißt, komme es. Ich grüßte den Morgen mit einem Lied. Ich hatte ein Hallo für alle außer dem Hausbesitzer. Fragt die Leute im Block, auf oder ab, – sogar die spanischen mit ihren traurigen dunklen Gesichtern – sie müssen lächeln, wenn sie mich sehen.

Aber zu seiner eigenen Bequemlichkeit hätte er sich lebensmäßig und geldmäßig besser machen sollen. Ich war glücklich, aber ich bin nun im Besitz der Erkenntnis, daß das falsch ist. Glücklichsein ist nicht so schlecht für eine Frau. Sie wird fetter, sie wird älter, sie könnte sich hinlegen, sich an ein Regiment von Männern und kleinen Kindern schmiegen und könnte einfach vor Vergnügen sterben. Aber Männer sind anders, sie müssen Geld haben, oder sie müssen berühmt sein, oder alle im Block müssen zu ihnen aufblicken von den Kellertreppen.

Eine Frau zählt ihre Kinder und benimmt sich schnoddrig, als ob sie das Leben erfunden hätte, aber Männer *müssen* ihre Sache gut machen auf der Welt. Ich weiß, daß Männer sich durch Glücklichsein nicht reinlegen lassen.

»Ein komischer Kerl«, sagte John, der erriet, wohin meine Gedanken gewandert waren. »Warum hat er's nicht geschafft? Er ließ sich von niemandem zum Narren halten. Er hatte etwas Komisches an sich, Virginia, wenn ich mal so sagen darf. Er war eigentlich gar nichts Besseres, aber er war vollkommen bereit, auf uns alle herabzusehen.«

»Er war sehr gescheit, John. Du siehst das nicht so. Sein Hobby waren Kreuzworträtsel, und ich habe ziemlich oft zu ihm gesagt, wie andere in dieser Gegend auch, daß er bei der 64-Dollar-Frage mitmachen sollte. Warum nicht? Aber er hat gelacht. Weißt du, was er gesagt hat? Er hat gesagt: ›Das beweist, wie blöd du bist, wenn du denkst, ich bin gescheit.‹«

»Ein komischer Kerl«, sagte John. »Schaff dir das alles von der Seele«, sagte er. »Sprich drüber, damit du es los wirst, Virginia; nur so kann man über den Schmerz wegkommen.«

Im großen und ganzen ließ ich mich ganz gern darauf ein. Allerdings konnte ich bei gewissen grausamen Bemerkungen nicht durchhalten. Es war, als ob man versuchte, in das trockene Maul eines Alptraums zurückzukriechen, wenn ich mich daran erinnerte, daß der letzte Tag, an dem ich glücklich war, die Mitte einer Märzwoche war, als ich meinem Mann erzählte, daß ich Linda erwartete. Barbara war fünf Monate alt auf die Stunde genau. Die Jungen waren drei und vier. Ich mußte es ihm sagen. Es war der letzte Tag, an dem noch irgendwas Glückliches dran war.

Später sagte er: »Oh, du machst mich ganz krank, du bist so gottverdammt dick und fett, du siehst wie ein gottverdammter brauner Sandstein aus, wie du vorne vierkant zugehauen bist.«

»Also, wo gehst du heute abend hin?« fragte ich.

»Wie soll ich das wissen?« sagte er. »Mit deinem dicken Arsch ist das ganze gottverdammte Bett voll«, sagte er. »Da ist kein Platz mehr für mich.« Er kaufte einen Schlafsack und schlief auf dem Fußboden.

Ich konnte es nicht glauben. Ich fing jeden Morgen von vorne an. Ich konnte es nicht glauben, daß er sich so gegen mich wandte, während ich doch noch jung war und sogar seine Freunde mich noch mochten.

Aber er tat es, er wandte sich vollkommen gegen mich und wurde alles andere als mein Freund. »Du denkst immer nur an eins, ans Kindermachen. Diese Wohnung stinkt wie das Männerklo in der U-Bahn. Das ist ein fickiges Pissoir.« Er hatte es kräftig mit der Wahrheit das ganze Jahr über. »Das Kind ißt mehr als wir fünf zusammen«, sagte er. »Hör auf, dein Gesicht vollzustopfen, du fetter Idiot«, sagte er zu Phillip.

Dann machte er sich über die Nachbarn her. »Schaff diese neugierige Schachtel hier raus«, sagte er. »Wenn sie noch mal kommt mit ihrem ›mein Sohn im Baugewerbe‹, dann verarbeite ich sie zu Katzenfutter.«

Dann ging es auf Spielvogel, den Aufseher, seinen ältesten Freund, der nur an Feiertagen kam und nie mit mir sprach (scheu, wie manche Junggesellen sind). »Dieser Saukerl, setz mir doch nicht dies Freundschaftszeug vor, er ist ja doch bloß hinter deinem Arsch her. Das kann ich grade brauchen – ein kleiner Scheißer von ihm, der hier in der Wohnung die Luft aufbraucht.«

Und dann war niemand mehr da, den man loswerden konnte. Wir waren allein geblieben, schlicht und einfach, und standen einander gegenüber.

»Nun, Virginia«, sagte er, »bin ich mit meinem Latein am Ende. Ich sehe eine schwarze Wand vor mir. Was, zum Teufel, soll ich jetzt tun? Ich hab bloß ein Leben. Soll ich mich hinlegen und sterben? Ich weiß nicht mehr, was ich tun soll. Ich will es dir ganz offen sagen,

Virginia, wenn ich hier herumhocke, da hilft alles nichts mehr, dann wirst du mich hassen . . .«

»Ich hasse dich jetzt schon«, sagte ich. »Also mach, was du willst.«

»Diese Wohnung macht mich wahnsinnig«, murmelte er. »Ich weiß nicht, was ich hier machen soll. Ich will dir ein Geschenk kaufen. Irgendwas.«

»Ich hab dir schon gesagt, mach, was du willst. Kauf mir eine Rattenfalle für Ratten.«

Und damals ging er runter zum Haushaltswarengeschäft und brachte einen neuen Besen und ein schickes Fegeblech mit.

»Neue Besen kehren gut«, sagte er. »Ich muß hier raus«, sagte er. »Ich werd wahnsinnig.« Dann fing er an, die Kleidersäcke vollzustopfen, und ich ging zum Lebensmittelgeschäft, wurde aber von Frau Raftery aufgehalten, die mir erzählen mußte, was sie so schön fand – den Tod –, dann küßte er mich und ging, sich irgendwo irgendeiner Armee anzuschließen.

Ich habe John von all dem nichts erzählt, weil ich finde, es sieht bei einer Frau zu schlecht aus, wenn sie rumerzählt, wie ein anderer Mann sie behandelt hat. Er fängt an, sie mit den Augen des andern Mannes zu sehen, leicht zu treffen wie eine sitzende Ente, ein Hautsack voller Fehler. Schließlich war ich von John abhängig geworden. Alle Freunde meines Mannes waren jetzt Fremde, obwohl ich immer zu ihnen gesagt hatte: »Fühlt euch ganz zu Hause.«

Und die Familienväter im Hause sahen so verschlagen aus, als ob sie mich alle persönlich verlassen hätten. Wenn sie mich auf der Treppe trafen, trugen sie die

schwersten Lebensmittel rauf und halfen, Lindas Sportwagen runterzubringen, aber sie stellten mir nie eine Frage, die eine Antwort wert gewesen wäre.
Außerdem brachten Girard und Phillip den Mädchen die Wochentage bei: Montag, Dienstag, Mittwoch, Johnstag, Freitag. Sie warteten einmal die Woche auf ihn, unter der Flurlampe, halb schlafend wie Käfer in der Sonne, saßen sie in ihren kleinen Stühlen mit ihren Namen in Gold, ein Geschenk zur Geburt von meiner Schwiegermutter. Um fünfzehn nach acht kam er pünktlich, um eine Geschichte vorzulesen, einige Küsse zu verteilen und sie ins Bett zu stecken.
Aber eines Abends, nach einem langen Johnstag, an dem sie herumgequäkt hatten, daß mein Trommelfell platzte, nach einem regnerischen Nachmittag, an dem ununterbrochen Bruder gegen Bruder die Hand erhoben hatte und die Mädchen nahezu bereit waren, wegen des rechtmäßigen Besitzes an Melinda Lee, der gehenden Sechzigzentimeterpuppe, vor Gericht zu gehen, klingelte die Türglocke dreimal. Bei keinem einzigen dieser Male grüßte mich Johns Gesicht.
Ich schämte mich zu sehr, um unten bei Frau Raftery zu fragen, und sie war zu gemein, um an meine Tür zu klopfen und zu erklären.
Er kam den folgenden Donnerstag auch nicht. Girard sagte traurig: »Er muß weggelaufen sein, John.«
Ich mußte ihn aufgeben nach zwei Wochen Abwesenheit und keinem Wort. Ich wußte nicht, wie es den Kindern sagen: etwas über Recht und Unrecht, Güte und Gemeinheit, Männer und Frauen. Ich hatte das alles auf der Zunge, bereit, es weiterzugeben. Aber ich

fand nicht, daß ich ihnen Fehler und Wahrheit ersparen sollte. Wer weiß? Sie konnten vielleicht in dieser Welt irgendwo einen wahreren Freund finden, als ich je gefunden habe. Also brachte ich sie einfach ins Bett und saß in der Küche und weinte.

In der Mitte meines dritten Biers, als ich gerade in meinem Innern nach dem nächsten Schritt suchte, fand ich den Entschluß, bei »Strike It Rich« mitzumachen. Ich organisierte Papier und Bleistift aus der Spielzeugkiste und schrieb all meine Sorgen auf, was notwendig ist, wenn man sich qualifizieren will. Die Liste hätte, als sie fertig war, die Tränen in Gottes Auge treiben können, wenn Er einen Augenblick Zeit hätte. Bei ihrem Anblick fing meine Bitterkeit an, sich zu bessern. Alles, was wirklich nötig ist für das Überleben der Tüchtigsten, ist, scheint's, ein Interesse am Leben, sei es gut, böse oder seltsam.

Wie es immer geht in diesen Fällen, wenn man angefangen hat, sich selbst zu helfen mit Plänen, kommen Neuigkeiten aus der entgegengesetzten Richtung. Die Türglocke klingelte, zwei kurz, zwei lang – also John. Mein erster Gedanke war, die Kinder aufzuwecken und glücklich zu machen. »Nein! Nein!« sagte er. »Mach dir nicht solche Mühe. Virginia, ich bin hundemüde«, sagte er. »Hundemüde. Meine Arbeit macht mir verdammt Kopfschmerzen. Das ist zu viel. Es dauert den ganzen Tag über und bohrt weiter in meinem Kopf bei Nacht, und letzten Endes, wer hat den Vorteil davon?

Virginia«, sagte er, »ich weiß nicht, ob ich noch wieder kommen kann. Ich wollte es dir schon länger sagen. Ich weiß es einfach nicht. Was soll das alles? Hättest du eine Antwort darauf, wenn ich dich fragen würde? Ich kann mir über diese ganze Sache nicht klar werden.«

Ich ließ den Tee ziehen, weil seine Finger kalt waren, als ich sie anfaßte. Ich redete nichts. Ich versuchte, es von seinem Männerstandpunkt aus anzusehen, und ich dachte, er muß einen Bus nehmen, die Hudson-Untergrund und eine U-Bahn, um mich zu sehen; und dann die U-Bahn, die Hudson-Untergrund und einen Bus, wenn er um ein Uhr morgens nach Hause ging. Es wäre überhaupt kein Problem für ihn, sich für immer von uns zu trennen. Ich dachte über mein Leben nach, und zwar unter besonderer Berücksichtigung meiner Kinder. Wenn ich die Wahl hätte, beschloß ich, mich nicht für ein Leben ohne ihn zu entscheiden.

»Was ist das?« fragte er und zeigte auf meine sorgfältige Liste von Sorgen. »Schreibst du einen Brief?«

»O nein«, sagte ich, »es ist für ›Strike It Rich‹. Ich möchte gern in der Sendung mitmachen.«

»Virginia, um Himmels willen«, sagte er und warf einen Blick drauf, »du hast ja keinen Schimmer. Sie würden dich aus dem Studio lachen. Diese Leute leiden wirklich.«

»Bist du sicher, John?« fragte ich.

»Überhaupt keine Frage für mich«, sagte John. »Hast du die Sendung mal gesehen? Ich will sagen, außer all diesem – den kleinen Störungen des Menschenlebens –«, er machte eine verächtliche Handbewegung über meine Liste hin, »*leiden* sie. Sie leben an der Vorderseite von Tornados, ihr Leben wird von Überschwemmungen fortgespült – Katastrophen Gottes. Ach, Virginia.«

»Bist du sicher, John?«

»Du liebe Güte . . .«

Traurig legte ich meine Liste weg. Jedenfalls, wenn es schlimmer wurde, konnte ich davon immer noch Gebrauch machen.

Als das erledigt war, handelte ich gemäß einer früheren Entscheidung. Ich schob seine Tasse kochendheißen Tee beiseite. Ich zwängte mich auf seinen Schoß zwischen seine harte Gürtelschnalle und den Tisch. Ich legte meine Arme um seinen Hals und sagte: »Wie kommt's, daß du so kalt bist, John?« Er hat ein nettes Gesicht und wußte, wie man erstaunt aussieht. Er sagte: »Nanu, Virginia, mir wird schon wärmer.« Wir lachten.

John wurde mein Liebhaber an diesem Abend.

Frau Raftery ist manchmal albern und krank von ihrer privaten Quelle für billigen Wein. Sie erwartet John oft. »Ehre deine Mutter, was ist los mit dir, John?« beklagt sie sich. »Ehre. Ehre.«

»Virginia, Liebling«, sagt sie. »Sie hätten John nie weggenommen nach Jersey wie Margaret. Ich wollte, er hätte Sie geheiratet.«

»Sie mochten mich damals nicht sehr.«

»Das ist eine Lüge«, sagt sie. Ich weiß, sie ist eine Heuchlerin, aber nicht mehr als der Rest der Welt.

Was mir merkwürdig vorkommt, ist, daß es Johns Gewissen nicht so belastet, wie ich gedacht hatte. Es ist immerhin schwer zu glauben, daß ein Mann, der jedes Jahr die Zehn Gebote als Weihnachtskarte verschickt, sich das Auf- und Zuknöpfen so leicht macht.

Natürlich müssen wir vorsichtig sein, damit wir die

Kinder nicht aufwecken oder die Nachbarn stören, die die Erregung eines andern Menschen nur bis zu einem gewissen Punkt genießen, und dann macht das Vergnügen sie wütend. Wir müssen auch wegen uns selbst sehr vorsichtig sein, denn wenn mein Mann nach Hause kommt, weil er merkt, daß die Kinder in der Schule sind und alles leichter geworden ist, dann würde er es mir nicht verzeihen, wenn ich alles wieder von vorne angefangen hätte – laute Lebenszeichen, die für einen Mann eine solche Plage sind.

Wir haben ihn zweieinhalb Jahre nicht gesehen. Obwohl die Leute es vorgeschlagen haben, will ich nicht, daß die Polizei oder FBI oder ein Privatdetektiv sich hinter ihm hermacht, um ihn zurückzubringen. Ich weiß, wenn er damit gerechnet hätte, für immer wegzubleiben, dann hätte er geschrieben und das gesagt. So wie es jetzt ist, weiß ich bloß nicht, an welchem Abend, irgendwann, er erscheint. Manchmal, wenn ich um Mitternacht über einen Traum wie eine Zehntonnenbombe stolpere, wache ich auf und sehe die Vision seiner sanften Ankunft.

Er kommt in die Tür mit seinem alten Schlüssel. Er wirft einen strengen Blick auf mich und sagt: »Na, du siehst älter aus, Virginia.« – »Du auch«, sage ich, obwohl er sich kein bißchen verändert hat.

Er läßt sich in der Küche nieder, weil in der ganzen übrigen Wohnung die Kinder schlafen. Ich mache seinen Schlips auf und biete ihm ein kaltes Sandwich an. Er haut auf mein Hinterteil, wobei er auf die Federung achtet. Ich gehe um ihn herum, als ob er ein Maibaum wäre, und küsse immerzu.

»Ich mochte die Armee nicht besonders«, sagt er. »Ich glaube, nächstes Mal gehe ich zur Handelsmarine.«
»Welche Armee?« sage ich.
»Das ist überall ziemlich dasselbe«, sagt er.
»Das würde mich kein bißchen überraschen«, sage ich.
»Ich hab meinen Manschettenknopf verloren, Gottverdammich«, sagt er und läßt sich auf den Fußboden nieder, um danach zu suchen. Ich gehe auch in die Knie, aber ich weiß, daß er im Leben noch keinen Manschettenknopf gehabt hat. Trotzdem würde ich viel für ihn tun.
»Hab ich dich in die Knie gezwungen diesmal«, sagt er und lacht. »Jawohl, hab ich.« Und bevor ich es mir auch nur halb bequem machen kann auf dem gepunkteten Linoleum, war er schon auf mir, wie wir da lagen, und die Wahrheit ist, wir waren so glücklich, daß wir die Vorsichtsmaßnahmen vergaßen.

Ein unwiderruflicher Durchmesser

Eines Tages im August, in einem ruhigen kleinen Vorort, wo die Wagen heiß sind und alles in Grünzonen eingeteilt, traf ich, Charles C. Charley, ein Mädchen namens Cindy. Massen von Cindys schlenderten an jenem Nachmittag in den Wäldern herum, aber meine war eine richtige Stadtbewohnerin mit gelbem Haar, das sich nie lockte (es hing). Als ich auf sie stieß, hatte sie die Wälder verlassen, um auf dem Dachboden ihres Vaters herumzuliegen. Sie ruhte auf einem Armeefeldbett, ihren Kopf auf keinem Kissen, und rauchte eine Zigarette, die steil aufragte, ein verträumter Schornstein. Asche fiel sanft auf ihre Brust, die verhältnismäßig neu war, bedeckt mit Dacron und ägyptischer Baumwolle, und darauf wartete, beliebt zu werden.

Ich hatte gerade eine Klimaanlage eingebaut, 20 % billiger und am Schluß der Saison. So verdiene ich meinen Lebensunterhalt. Ich bringe Erleichterung in ungesunde Küchen und verräucherte Schlafzimmer. Leute, die versucht haben, mit Durchzug allein zu leben, waren mir dankbar.

Im Erdgeschoß war das System betriebsbereit, absolut perfekt und garantiert. Oben, unter einer niedrigen unverputzten Decke lag diese Cindy im totesten Zentrum eines Augusttages. Ihre Stirn war feucht, Mund leicht geöffnet zwischen den Zügen, ein wütendes und verschwitztes Gesicht, kaum zurechtgemacht außer um die Augen, aber zweifellos gepflegt, Backen geschrubbt und Augenbrauen gebürstet, eine lebenslange Ablagerung von Vitaminen, die schimmernde Tochter von Geld auf der Bank.

»Ist Ihnen nicht heiß?« erkundigte ich mich.

»Kochend«, sagte sie.

»Warum hier oben bleiben?« fragte ich wie ein netter Kerl.

»Das ist meine Sache«, sagte sie.

»Ach, laß doch, Kleine«, sagte ich, »sei nicht kratzbürstig.«

»Was macht dir das aus?« fragte sie.

Ich nahm ihre Zigarette und machte sie zwischen Zeigefinger und Daumen aus. Dann sah sie mich an und erkannte mich als das, was ich war, nicht ein gewöhnlicher Gewerkschaftsbruder, sondern eine vollkommen angenehme Möglichkeit, fünf Minuten totzuschlagen.

»Wie heißt du?« fragte sie.

»Charles«, sagte ich.

»Ist das hier dein Geschäft? Bist du der Boß?«

»Bin ich«, sagte ich.

»Hör mal, Charles, als du in der Oberschule warst, hast *du* da genau gewußt, was deine Interessen waren?«

»Ja«, sagte ich, »Mädchen.«

Sie drehte sich herum auf die Seite, damit wir das richtig von vorne bis hinten besprechen konnten. Ich ließ mich runter zu ihr. Sie lächelte. »Charles, ich bin fast fertig mit der Schule, und ich kann mich nicht mal entschließen, was ich im College belegen soll. Ich will eigentlich überhaupt nichts werden. Ich weiß nicht, was ich machen soll«, sagte sie. »Was meinst du, was soll ich machen?«

Ich gab ihr eine ernste Antwort, eine Handvoll Weisheit. »Zuerst mal laß dich von denen nicht rumschubsen. Was glauben die, mit wem sie es zu tun haben? Die meisten Leute wüßten nicht, was sie werden wollen, und wenn sie eine Million Jahre Zeit hätten. Sie werden es einfach irgendwie.«

Sie hob eine goldene Braue. »Glaubst du, Charles? Bist du sicher? Hör mal, wie alt bist *du*?«

»Zweiunddreißig«, sagte ich so schnell wie die Nacht in den Tropen. »Zweiunddreißig«, wiederholte ich, um sicherzugehen, da ich sowohl drei Jahre abzog, die ich in der Armee vergeudet hatte, als auch meine beiden ersten Lebensjahre, an die ich mich sowieso mit keiner verdammten Einzelheit erinnern kann.

»Du wirkst älter.«

»Ist zweiunddreißig nicht alt genug? Ist es zu alt?«

»O nein, Charles, ich mag keine Kinder. Ich finde, sie sind meistens langweilig. Sie haben zu gar nichts irgendwas zu sagen, wo sich das Zuhören lohnen würde. Sie finden sich überwältigend. Sie tanzen nicht mal besonders gut.«

Sie fiel zurück, ihre Arme baumelten zu beiden Seiten des Feldbetts. Sie starrte die Decke an. »Und wenn du's wissen willst«, sagte sie, »sie wissen nicht mal, wie man küßt.«

Dann, mitten auf ihre Nasenspitze, küßte ich, Charles C. Charley, sie einmal und, wenn ich das beschwören darf, zum Spaß.

Darauf erwiderte sie: »Bist du zufällig verheiratet?«

»Nein«, sagte ich, »du?«

»Oh, Charley«, sagte sie, »wie soll ich verheiratet sein? Ich bin ja noch nicht mal mit der Schule fertig.«

»Du mußt in der zweitobersten Klasse sein«, sagte ich und leckte mir die Lippen.
»Oh, Charles«, sagte sie, »das mein ich ja grade. Wenn du ein Junge wärst wie Mike oder Sully oder sonstwer, dann würdest du den Verstand verlieren. Immer, wenn sie mich küssen, denkt man, ihr ganzes Leben würde umgestoßen. Ehrlich, Charles, sie kommen außer Atem, sie niesen – gerade wenn man in Stimmung kommt. Sie halten mittendrin an, um einem einen dreckigen Witz zu erzählen.«
»Man stelle sich vor!« sagte ich. »Warum versuchst du's nicht mal mit einem über sechzehn?«
»Sei nicht kokett«, sagte sie auf eine friedliche, glückliche Art. »Überhaupt, sprich ganz leise, flüstere. Wenn mein Vater nach Hause kommt und hört, daß ich Küssen bloß erwähne, dann bringt er uns beide um.«
Ich lachte. Meine kleinen Bewunderungsfabriken hatten angefangen zu summen, und ich kriegte nicht mit, was sie meinte.
Was ich beobachtete, war, wie alles an dieser Cindy neu und ungebraucht war. Ihre Teile, sichtbar oder eingepackt, waren zum Ausstellen gearbeitet. All die übertriebenen Knochen der Kindheit und des hohen Alters waren eingebettet in eine behagliche Konsistenz von Mädchen.
Ich bot ihr noch eine Zigarette an. Ich stand auf und ging, den Dachsparren ausweichend, neben dem Feldbett auf und ab. Sie hielt ihre neue Zigarette nach oben und schielte sie an. Asche fiel, kleine feine Federn. Ich lehnte mich vor, bis ich es nah und bequem genug hatte. Ich blies sie alle weg.

Ich dachte daran, um göttliche Führung zu beten in Übereinstimmung mit der großen geistigen Wiedergeburt unserer Zeit. Aber ich habe zwei linke Hände bei dieser Art von alljährlich wechselnder Unterhaltung. Ich fragte mich, hatte ich, als Geschöpf Gottes unter den Sternen, das Recht, einem Ereignis auszuweichen, einem tatsächlichen Vorfall, um einer Erfahrung aus dem Weg zu gehen oder auch nur einer kleinen Zweifelhaftigkeit?

Ich zündete ihre Zigarette wieder an. Dann sagte ich, ohne jedes Auf- und Abgehen, wie ein Mensch, dem es an Befähigung fehlt: »Was meinst du, Cindy, hör mal, ob du wohl Schwierigkeiten mit deiner Familie kriegst, wenn du mich triffst? Ich würde gern einen schönen langen Abend mit dir verbringen. Ich habe lange nicht mehr mit jemandem in deinem Alter gesprochen. Oder wir können schwimmen gehen, tanzen, ich weiß nicht. Ich will aber nicht, daß du irgendwelche Schwierigkeiten hast. Wär es günstig, wenn *ich* deine Mutter fragte? Glaubst du, sie ließen dich?«

»Das wär ja noch schöner«, sagte sie. »Niemand schreibt *mir* vor, mit wem ich ausgehe. Niemand. Ich habe einen neuen Badeanzug, Charles. Ich würde schrecklich gern gehen.«

»Wetten, daß du wie ein Kartoffelsack aussiehst damit.«

»Ach, Charley, hör auf zu frotzeln.«

»O.k.«, sagte ich. »Aber nenn mich nicht Charley. Charley ist mein Nachname. Charles ist mein Vorname. In der Mitte ist ein C. Charles C. Charley bin ich.«

»O.k.«, sagte sie. »Ich heiße Cindy.«
»Das weiß ich«, sagte ich.
Dann sagte ich auf Wiedersehen und verließ sie beinahe ertrunken in Schweiß, immer noch hingestreckt, noch eine Zigarette rauchend und verträumt einen Balken anstarrend, an dem ein altes Puppenhaus mit vier Schlafzimmern im Oberstock hing.
Draußen machte ich eine sorglose Verbeugung vor dem gesamten Haushalt, vom Hobbykeller bis zum ausgedehnten Dachboden. Ich hüpfte auf meinen dreirädrigen Roller und fuhr weiter zu eindrucksvollen Liebesdiensten über den mit Sykomoren bestückten Sitz dieses fetten Landes.
Um vier Uhr am nächsten Samstagmorgen lieferte ich Cindy bei ihrem Acht-Zimmer-Haus mit zweieinhalb Badezimmern ab. Frau Graham wartete. Sie sah mich überhaupt nicht an. Sie fing an zu weinen. Sie schnüffelte und hörte auf zu weinen. »Cindy, es ist so spät. Pappi ist zur Polizei gegangen. Wir hatten solche Angst um dich. Er ist zum Leutnant gegangen.« Dann wartete sie, verloren. Vor ihren eigenen Augen hatte die Freundin, die sie jahrelang aufgezogen hatte, die verjüngende Vertraute, sie verlassen. Es tat mir leid. Ich fand, Cindy hätte ihr was Kaltes zu trinken holen sollen. Ich wollte sagen: »Machen Sie sich keine Sorgen, Frau Graham. Ich habe das Kind nicht zusammengeschlagen.«
Aber Cindy kochte. »Ich habe diesen Quatsch einfach satt!« gellte sie. »Ich habe es von Herzen und vollkommen satt, mich rumschubsen zu lassen. Jedesmal, wenn ich ein bißchen zu spät nach Hause komme, ruft

ihr die Polizei. Das ist das drittemal, das drittemal. Ich hab dich und Pappi satt. Ich hasse dies Haus. Ich hasse es, hier zu leben. Ich habe es euch letztes Jahr schon gesagt. Ich hasse es hier. Ich habe dies Haus satt und die beschissenen Züge und keine Busse, und ich kann nicht fahren. Ich hasse die Jungs und Mädchen hier in der Gegend. Das sind alles Trottel. Ihr schnüffelt hinter mir her. Ich hasse euch beide. Ich wollte, ich wär in China.« Sie stampfte dreimal mit den Füßen und rannte dann rauf in ihr Zimmer.

Auf diese Weise wich sie ihrem Vater aus, der knurrend hinter mir erschien, als ich noch im Eingang stand. Ich tröstete Frau Graham. »Wissen Sie, Heranwachsende sind in einer besonders schwierigen Periode ...« Aber er unterbrach. Er blickte über seine Schulter, sah, daß wirklich ich es war und drehte sich um wie ein Mann, um es mir ins Gesicht zu sagen. »Du Saukerl, wo, zum Teufel, seid ihr gewesen?«

»Kein Grund zur Beunruhigung, Herr Graham. Wir haben bloß eine Bootfahrt gemacht.«

»Du solltest lieber die Polizei anrufen und ihnen sagen, daß Cindy zu Hause ist, Alvin«, sagte Frau Graham.

»Wohin?« sagte er. »Greenwich Village?«

»Nein, nein«, sagte ich begütigend. »Ich bin mit Cindy nach Pottsburg rausgefahren – das ist einer dieser Vergnügungsparks auf der anderen Seite des Hafens. Es ist eine Fahrt von zwei Stunden. Auf dem Boot wird getanzt. Wir haben ein Boot verpaßt und mußten zwei weitere Stunden warten, und dann haben wir den Zug verpaßt.«

»Dies Boot geht direkt nach Pottsburg?«

»O ja«, sagte ich.
»Alvin«, sagte Frau Graham, »bitte ruf die Polizei an. Sie werden schon in die ganze Stadt ausgeschwärmt sein.«
»O.k., o.k.«, sagte er. »Wo ist Cynthy Anne?«
»Schläft wahrscheinlich«, sagte Frau Graham. »Bitte, Alvin.«
»O.k., o.k.«, sagte er. »Geh du auch rauf, Ellie. Geh schon, keine Diskussionen. Geh schon rauf und schlaf ein. Ich möchte ein paar Minuten mit Herrn Wie-heißt-er-noch sprechen. Jetzt geh schon, Ellie, bevor ich sauer werde.«
»Jetzt Sie!« sagte er und wandte sich zu mir. »Gehn wir in mein Zimmer.« Er zeigte mit einer fleischigen Schulter darauf. Ich ging vor ihm.
Ich konnte ihn nicht richtig sehen durch den Vier-Uhr-Morgen-Dunst, aber ich kriegte die Umrisse mit. Er war ein großer Kerl, ein paar Jahre älter als ich, etwas mehr Geld, Status und genug Ansehen in der Gemeinde, um ihn auf der Stelle erstarren zu lassen. Alles was er konnte, war brüllen wie ein Stier in seinem eigenen Wohnzimmer, während um ihn herum Krinolinen krachten.
»Wissen Sie was, Söhnchen«, sagte er und lehnte sich freundschaftlich vor, »wenn Sie nicht die Finger von meinem Kind lassen – das heißt, wenn ich Sie je wieder mit ihr erwische – dann reiß ich aber dies Knie hoch« – er wies darauf – »und geb's Ihnen.«
»Was hab *ich* denn getan?«
»Sie haben überhaupt nichts getan und Sie werden auch nicht. Hände weg ... Hören Sie«, sagte er ver-

traulich, von Mann zu Mann. »Wozu ist sie schon gut? Sie ist ja bloß ein Kind. Sie weiß ja noch nicht mal richtig, was oben und unten ist.«

Ich guckte, um zu sehen, ob er das wirklich glaubte. Nach dem entspannten Zustand seines Gesichts und dem aufrichtigen Ausdruck in seinen Augen zu urteilen, mußte ich mir sagen, ja, genau das glaubt er.

»Herr Graham«, sagte ich, »ich habe an ihrer eigenen Tür nach Cindy gefragt. Ihre Frau hat mich kennengelernt. Ich habe mich nicht irgendwie eingeschlichen.«

»Erzählen Sie mir keinen Kohl«, sagte er.

»Naja, in Ordnung, Herr Graham«, sagte ich. »Ich bin der letzte, der Schwierigkeiten macht. Was soll ich tun?«

»Ich will Sie nicht mehr in der Nähe dieses Hauses sehen.«

Ich tat so, als überlegte ich es mir ein bißchen. Aber mein Kurs war klar. Ich mußte bis zum Morgen noch mindestens zwei Stunden schlafen. »Ich will Ihnen was sagen, Herr Graham. Ich bin der letzte, der Schwierigkeiten macht. Ich werde eben Cindy nicht mehr sehen. Aber etwas sollten wir doch tun – von Cindy aus gesehen. Was mich betrifft – zum Teufel damit . . .«

»Zum Teufel mit Ihnen ist gut«, sagte er. »Was?«

»Ich glaube, ein paar Zeilen müßten sein, ein kleiner Brief, der dies alles erklärt. Ich möchte nicht, daß sie denkt, ich mag sie nicht. Man muß vorsichtig sein bei dem Alter. Sie sind leicht verletzt. Ich möchte ihr gern schreiben.«

»O.k.«, sagte er. »Das ist eine gute Idee, Charley. Sie erledigen diese Kleinigkeit, und von mir aus sind wir dann quitt. Ich weiß, wie es ist in der freien Wildbahn, Junge. Kalt. Ich nehm's Ihnen nicht übel, daß Sie's versucht haben. Aber dies Kind hat eine Familie, die auf sie aufpaßt. Und ich will Ihnen noch was sagen. Ich bin noch so ein Vater, ich würde mich nicht schämen, sie windelweich zu prügeln, wenn es sein muß, da kann *Ladies' Home Journal* Tränen vergießen in seiner Zukkerbrause, das ist mir piepe. O.k.?« fragte er und stand auf, um zu schließen. »Alles klar?«

»Ich kippe langsam aus den Latschen«, sagte er in einem freundlicheren Ton. Dann sagte er mit einem letzten Knurren gegen den vorübergehenden Fremden: »Aber versuchen Sie's lieber nicht noch mal in dieser Gegend.«

»Na dann«, sagte ich in der freudigen Annahme, aus seinem Leben zu verschwinden. »Keine wollenen Kondome nehmen!« Aber als er herausgaloppierte, um mir nachzusehen, war ich weg.

Zwei Tage später saß ich friedlich in meinem kleinen Büro, das von einer sterbenden Sykomore beschattet wird. Ich hatte drei unterschriebene Aufträge, Geld bei Lieferung, vor mir, und wenn ich nicht ein Mensch gewesen wäre, der alles an sich rankommen läßt, wäre ich unterwegs gewesen und hätte mich mit meinem gerechten Lohn vollgestopft. Ich las ein kleines Buch mit dem Titel *Mittelalterliche Menschen*, das mir Spaß machte, weil ich mich für den Menschen als Person interessiere. Es ist ein Hobby. (Ich hätte Psychologe werden sollen. Ich habe das richtige Ohr.) Ich aß ein großes Heldensandwich. Über meinem Kopf war ein Schild in Gold, das lautete LUFFT KLIMAANLAGEN. Hoch die lufftgen Berge / Tief in Stromes Kluft / Wo der Mensch dem Menschen / Häuser baut, weht Lufft.

Das Telephon gab sein halb gedrosseltes Gesumm von sich. Es war Cindy, der ich ein freudiges Hallo bot, aber sie weinte. Sie sagte dreimal: »Oh, es tut mir leid. Oh, es tut mir leid. Oh, es tut mir leid.«

»Mir auch, Schatz.« Ich überlegte, wie ich sie trösten sollte. »Aber weißt du, es hat auch seine Richtigkeit. Dein Pappi plant wirklich eine wunderschöne Zukunft für dich.«

»Nein, Charles, das ist es nicht. Du weißt ja nicht, was passiert ist. Charles, es ist entsetzlich. Es ist alles meine Schuld; er will dich ins Gefängnis bringen. Aber er hat mich so wütend gemacht ... Es ist meine Schuld, Charles. Er ist verrückt, er meint es wirklich ernst.«

Im blassen Spiegelbild in der farblosen Fensterscheibe erbleichte ich. »O.k.«, sagte ich. »Wein nicht mehr. Sag mir die Wahrheit.«

»Oh, Charles ...«, sagte sie. Dann beschrieb sie die Ereignisse des vorangegangenen Abends. Hier sind sie. Ich habe sie unmittelbar aus Cindys Mund.

»Cindy«, sagte Herr Graham, »ich will nicht, daß du mit so einem Mann rumläufst – alt genug, daß er dein Vater sein könnte, beinahe.«

»Ach, um Gottes willen, Pappi, er ist sehr nett. Er ist ein wunderbarer Tänzer.«

»Es gefällt mir nicht, Cindy. Überhaupt nicht. Es gefällt mir nicht mal, wenn du mit ihm tanzt. Es gibt viele Dinge, die du nicht weißt, über Menschen und Dinge, Cindy. Es gefällt mir nicht, daß du mit ihm tanzt. Ich lehne es ab, wenn ein Mann in dem Alter auch nur seinen Arm um einen Teenager wie dich legt. Du weißt, daß ich nur dein Bestes will, Cindy Anne. Ich möchte, daß du ein erfülltes und erfolgreiches Leben hast. Wenn du deine Freundschaft zu ihm aufrechthältst, selbst wenn sie so unschuldig und liebenswürdig ist, wie du behauptest, wäre das ein echtes Hindernis. Ich möchte, daß du fortgehst auf die Hochschule und eine wunderbare Zeit verlebst mit Kameraden in deinem Alter, mit ihnen tanzt und, weißt du, vielleicht verliebst du dich oder so ... Ich bin nicht ganz so dumm und blind. Weißt du, ich war auch mal jung.«

»Ach, Pappi, du hast ja immer noch ziemlich viel Leben in dir, meine Güte.«

»Das will ich hoffen, Cindy. Aber was ich dir sagen will, mein Herz, ich habe diesen Mann Charles gebeten, dich doch bitte in Ruhe zu lassen und dir einen netten Brief zu schreiben, und er war einverstanden, weil, schließlich bist du ein sehr hübsches Mädchen, und man kann oft in Versuchung kommen, Dinge zu tun, die man nicht tun will, so schön sie auch sein mögen.«

»Du hast ihn gebeten, mich in Ruhe zu lassen?«

»Ja.«

»Und er war einverstanden?«

»Ja, das war er.«

»Hat er gesagt, er könnte in Versuchung kommen?«

»Nun ...«

»Hat er gesagt, er *könnte* in Versuchung kommen?«

»Nun, eigentlich hat er gesagt, er ...«

»Er war einfach einverstanden? Ist er nicht mal *wütend* geworden? Er *wollte* mich nicht mal wiedersehn?«

»Er will dir schreiben, mein Herz.«

»Er will mir schreiben? Hat er gesagt, er will mir schreiben? Das ist alles? Wofür hält er mich? Einen Idioten? Einen Trottel? Eine kleine dumme Pute aus der West Main Street? Wie weit will er das treiben? Dieser blöde Fettwanst . . . Wofür hält er mich? *Wollte* er mich nicht mal wiedersehn? Er will mir schreiben?«

»Cindy!«

»Das ist alles? Dafür hat er mich gewollt? Er will mir einen Brief schreiben? Pappi . . . Pappi . . .«

»Cindy! Was ist letzte Nacht passiert?«

»Warum gehst du und steckst deine Nase in meine Angelegenheiten? Erlebst du selber nie was? Ich bin grade mal fünf Minuten lang gut zurechtgekommen. Warum sitzt du immer im Hause rum mit deiner Nase in meinen Angelegenheiten?«

»Cindy, hast du Dummheiten gemacht mit diesem Mann?«

»Warum kannst du mich nicht mal fünf Minuten zufrieden lassen? Hält es nirgendwo mehr irgendwer mit dir aus? Was willst du von mir?«

»Cindy.« Er packte ihr Handgelenk. »Cindy! Antworte mir auf der Stelle. Hast du?«

»Hör auf zu brüllen. Ich bin nicht taub.«

»Cindy, hast du Dummheiten gemacht mit diesem Mann? Antworte!«

»Laß mich zufrieden«, schrie sie. »Laß mich doch zufrieden.«

»Du antwortest mir auf der Stelle«, schrie er.

»Ich will dir antworten, jawohl«, sagte sie. »Ich habe keine Dummheiten gemacht. Ich war nicht dumm. Du hast mich danach gefragt. Ich war nicht dumm. Ich bin nach oben gegangen, wo das Rettungsboot ist, und ich habe mich da drunter gelegt und es mit Charles gemacht.«

»Was hast du gemacht?« keuchte ihr Vater.

»Und ich habe mein blaues Kleid ruiniert«, kreischte sie. »Und du bist so blöde und hast es nicht mal gemerkt.«

»Dein blaues Kleid?« fragte er und atmete kaum, um die Antwort zu hören. »Cindy Anne, warum?«

»Weil ich es wollte. Ich wollte.«

»Was?« fragte er matt.

»Ich wollte, Pappi«, sagte sie.

»Oh, mein Gott!« sagte er. »Mein Gott, mein Gott, was habe ich getan?«

Eine halbe Stunde später kam Frau Graham zurück, beladen mit süßen Sächelchen vom Einkaufszentrum Creuz und Quer. Cindy weinte in der Küche, und im Fernsehzimmer saß Herr Graham in seinem roten Kunstledersessel, die Augen geschlossen, seine blassen Lippen flüsterten: »Es ist vollendete Notzucht ... Es ist Verführung einer Minderjährigen ...«

Cindy, meine kleine Freundin, kam den Mittelgang im Gerichtssaal heruntergeschlendert mit einem großen roten Lächeln, gut Freund mit dem ganzen Gericht. Sie wackelte ein bißchen, um auszudrücken, daß sie wirklich eine jugendliche Hure war und ich nicht verantwortlich. Niemand glaubte ihr. Sie war offensichtlich nur die vom Wege abgekommene Tochter einer Pfadfinderin.

Außerdem sah ich – philosophisch und mit schwerer

Hand geschrieben – mein Schicksal an der Wand. O.k., O.k., O.k., sagte ich zur Welt, starrte nach innen und überwand meine Einkerkerungsangst. Wenn eine Periode der Selbstentdeckung unter spartanischen Umständen mir zugedacht war, war ich bereit, die Tatsache anzuerkennen, daß dieser geheimnisvolle Zug von Ihm möglicherweise den Sinn hatte, Wunder zu vollbringen. (Nehru, höre ich, hat die meisten seiner Bücher im Gefängnis verfaßt.) Vermuten Sie keine besondere Religiosität in mir. Ich habe keine festgelegte Vorstellung davon, wie Er sein mag: Größe, Gestalt oder hoher I. Q.

Anpassung hin oder her, das plötzliche Erscheinen meiner Mutter, die von den Lokalzeitungen zu Hause aufgestöbert worden war, setzte mich in Verlegenheit. Sie saß so nahe bei mir, wie es die Gestaltung des Gerichtssaals erlaubte, und murmelte, wenn's grade paßte: »Sie ist ein Flittchen«, oder: »Du bist ein Idiot.« Einmal durften wir miteinander reden – sie sagte: »Was für ein wilder Indianer du geworden bist, Charles.«

Machte sie Witze? War sie stolz? Warum machte es ihr überhaupt was aus? Ich, Charles C. Charley, außer Atem und verschreckt, ich bin nicht das Baby, das erstickend unter ihrer linken Zitze gelegen hat. Ich bin nicht der Junge, der jeden Abend am Fabriktor auf sie gewartet hat. Ich bin nicht einmal mehr der Wehrdienstpflichtige, der ihr tragbare Stücke einer italienischen Kirche zuschickte.

»Was für ein Junge war Ihr Sohn?« fragte mein dummer Anwalt. Sie guckte ihn an, ihr fettes Gesicht der

Resonanzboden des Schweigens. »Ich sagte, Frau Charley, was für ein Junge war Ihr Sohn?«

Nach ein paar abgeschalteten Augenblicken erwiderte sie: »Ich weiß über keinen von meinen Jungen viel; sie sind eine Überraschung für mich.« Dann kamen ihre Lippen zusammen, und ihre Hände umklammerten einander, und sie hatte keine weitere Bemerkung mehr zu dem Thema.

Mein gesetzlicher Berater, ein wahrer Niemand aus Nichts, versuchte ein Milieu von familiärer Verrücktheit zu erfinden, aus dem ich mich nie mehr hätte aufrappeln können. »Das ist allerdings ein sonderbarer Name, in Verbindung mit seinem Nachnamen, Charles C. Charley, Frau Charley. Wie ist es zu dieser Namengebung gekommen?«

»Wie ist Ihr Name, mein Herr?« fragte meine Mutter höflich.

Mit einem jungenhaften Grinsen antwortete er: »Edward Johnson, gute Frau.«

»Ha! Ha! Ha!« sagte meine Mutter.

Als ich dran war, fragte er: »Und waren Sie nicht in das junge Fräulein Graham, diese kokettierende junge Frau, verliebt, als Sie Ihren Kopf verloren? War es nicht so?«

»An sich«, erwiderte ich, »steckt Liebe in der körperlichen Vereinigung. In der westlichen Literatur wird sie als Liebesakt geführt.«

»Das ist wahr«, sagte er, wobei sein Gehirn nicht erkennbar arbeitete. »Und Sie liebten Fräulein Graham, nicht wahr?« Hier zeigte er auf sie, wo sie saß. Ihr Haar war früh an dem Morgen gewaschen. Sie trug ein goldenes chinesisches Fähnchen von einem Kleid mit kleinen Schlitzen, wahrscheinlich um ihre gebräunten Waden durchblitzen zu lassen. Ihr süßes, rundes Hinterteil nistete im harten Gestühl des Gesetzes.

»Ich nehme es an«, sagte ich.

Endlich hatte der Anwalt des klagenden Opfers eine Chance gegen mich. Er hatte Cindy gekannt, seit sie ein noch jüngeres Kind gewesen war als das Kind, das sie zur Zeit war, sagte er und gebrauchte genau diese Worte. Er war den Tränen nahe. Nicht ein Haar wurzelte in seinem Kopf. Dies ist Beschreibung, keine mutwillige Interpretation, die ich mir nicht leisten kann, weil ich unangenehm struppig bin.

Selbst jetzt, nachdem die Zeit einen gewissen Abstand hergestellt hat, verstehe ich weder die Linie, die er mit seinen Fragen verfolgte, noch die Linie meines eigenen hirnlosen Anwalts. Ich hatte mich schuldig bekannt. Ich war nicht gegen Bestrafung, da unsere glückliche Tat, wie sich herausstellte, einen kriminellen Aspekt hatte. Trotzdem redeten sie. Ich weiß schon, sie mußten an ihre Ausbildung denken – all diese Jahre in der Schule. Männer wie diese müssen den Augenblick melken oder für immer schlafen.

»Nun«, begann er und ließ eine Träne schimmern, »Charles C. Charley, Sie haben uns erzählt, daß Sie das kleine Mädchen in dem Augenblick liebten, sie aber vorher und nachher nicht geliebt haben und seither nicht mehr?«

»Ich habe keinen Grund zu lügen«, sagte ich. »Ich bin in Gottes Hand.«

»Wer?« schrie der Richter.

Dann murmelten sie alle miteinander, um sich auszudenken, wie man sich zu so sträflichem Gebrauch von frommer Nomenklatur stellen könnte. Sie konnten nicht sagen, daß wir nicht in Gottes Hand seien, wo wir es doch, soweit sie wußten, waren.
Herrn Grahams schimmernder Anwalt wandte sich wieder an mich. »Herr Charley, haben Sie Cindy Graham in dem Augenblick geliebt?«
»Habe ich«, sagte ich.
»Aber Sie lieben sie jetzt nicht?« fragte er.
»Ich habe noch nicht darüber nachgedacht«, sagte ich.
»Würden Sie sie heiraten?« befragte er und drehte seinen Kopf zur Jury hin. Er kam sich schlau vor.
»Sie ist ja noch ein Kind«, sagte ich. »Wie könnte ich sie heiraten? Zu einer Ehe gehört so viel Verantwortung. Sie ist noch nicht reif für so etwas. Und außerdem, der Altersunterschied ... er ist zu groß. Seien Sie realistisch«, beschwor ich seinen verwirrten Kopf.
»Sie würden sie *nicht* heiraten?« fragte er mit einer zum Clinch erhobenen Stimme.
»Nein, mein Herr.«
»Gut genug, um sie mit Sexualität zu belästigen, aber nicht gut genug, sie ein Leben lang in Ehren zu halten?«
»Naja«, sagte ich ruhig, denn auf seine Hysterie wollte ich mich nicht einlassen, und ohne Namen zu nennen: »Das ist doch im Grunde gehupft wie gesprungen.«
»Und darum haben Sie, ein reifer Mann, ein Erwachsener, Sie haben es auf sich genommen, da Sie doch etwas wußten über die Fallgruben vor einem jungen Mädchen, diesem Kind, noch nicht ausgewachsen,

Cynthia Anne Graham, Sie haben es auf sich genommen zu entscheiden, daß sie reif war, sich ihre Jungfräulichkeit verwüsten zu lassen, um Ihre eigene selbstsüchtige dreckige Sinnenlust zu befriedigen.«

Nach dieser kleinen Neckerei habe ich das Maul gehalten. Weil Cindy für immer unter ihnen leben sollte, war ich so still, daß ich sogar jetzt noch ganz atemlos bin vor Selbstachtung.

Diese Verbannten an des Lebens durchweichtem Strand standen unter dem Eindruck, daß ich der erste war. Ich war es nicht. Ich bin kein erfinderischer oder schöpferischer Mensch, ich richte mich nach dem Universum, ich bin nie irgendwo der erste gewesen. Eigentlich war ich in diesem Falle erst der fünfte oder sechste. Ich sage das nicht, um Cindy herabzusetzen. Der Mensch muß irgendwo anfangen. Warum war Herr Graham von der Wahrheit so vor den Kopf gestoßen? Gourmets fangen überall als Gourmands an, bevor sie in die Feinheiten des Geschmacks eindringen können. Das hatte ich schon früher beobachtet; in fünf oder sechs Jahren, als eine schöne und besondere Frau, konnte sie ein nützliches Mitglied der bürgerlichen Gesellschaft heiraten und ihre leichteren Gewohnheiten auf ihn reduzieren. Keiner meiner Gegner war mehr als zehn Jahre älter als ich, aber ihr Gedächtnis war kurz (was meins auch wäre, wenn ich nicht jederzeit bemüht wäre, mit der Jugend in Berührung zu bleiben).

Mitten in meinen Gedanken, während das Gericht geduldig auf eine wahre Antwort wartete, brach Cindy in wilde Tränen aus und kreischte: »Laßt ihn in Ruhe, laßt ihn doch in Ruhe. Es ist nicht seine Schuld, wenn

ich wild bin. Ich erzähl der ganzen Welt, wie wild ich bin, wenn ihr nicht aufhört. Ich hab ihn dazu gebracht, ich hab ihn dazu gebracht . . .«
Aus meiner beschränkten Sicht schien das Gericht sich zu einem Schifferknoten zusammenzuziehen. Cindys Mutter und Vater zupften sie hervor, und zwei Beamte drängten sie hinaus. Die gegnerischen Anwälte tuschelten miteinander und dann mit dem Richter. Ein paar Zeitungsleute taumelten von einer zuckenden Gruppe zur andern. Meine Mutter benutzte das Durcheinander und sagte: »Charles, die haben einen Vogel.«
Die bezahlten Hauptpersonen nickten mit dem Kopf. Der Richter bat um Ruhe, dann um eine Vertagung. Mein Anwalt und zwei Bullen führten mich in einen braungetäfelten Raum, wo Vorstandssitzungsstühle einen Vorstandssitzungstisch aus Mahagoni umgaben. »Sie haben nicht eine vernünftige Antwort gegeben«, beklagte sich mein Anwalt. »Jetzt hören Sie mal zu. Setzen Sie sich hierhin und halten Sie um Himmels willen den Mund. Ich gehe jetzt und rede mit den Grahams.«
Abgesehen von etwas gelangweilter Aufsicht war ich anderthalb Stunden allein. In der Zeit überdachte ich Cindy und all ihr Zubehör, ferner die Bedeutung von Wahrheit. Ich befand mich grade in der Tangente zum Großen Kreis des Lebens, von dem ich *ein* unwiderruflicher Durchmesser bin, als meine Mutter erschien. Sie hatte Zeit gehabt, ein bißchen Weizenkeime und Karotten und Äpfel mit ungespritzten Bakterien einzukaufen. Ihr Gesundheitszustand erfordert diese un-

schuldigen Nahrungsmittel. Herr und Frau Graham folgten und meine kleine rußige Cindy. Frau Graham tupfte immerzu etwas schwarzes Augenzeug von ihren verschmierten Wangen. Herr Graham, vernünftig in seinen Antworten oder Fragen und immer geradezu, sagte: »In Ordnung, Charles, in Ordnung. Wir haben beschlossen, die Anklage zurückzuziehen. Sie und Cindy werden heiraten.«

»Was?« sagte ich.

»Sie haben mich schon verstanden ... Ich bin dagegen. Ich finde, ein Lümmel wie Sie gehört ins Kittchen. Von mir aus könnten Sie im Kittchen verfaulen. Ich habe schlimmere Kerle gesehen, aber nicht viel schlimmere. Sie haben ein verdammt blödes Kind ausgenutzt. Sie und Cindy heiraten nächste Woche. Bis dahin werden Sie in unserm Haus sein, Charley. Cindy hat genug Schule versäumt. Dies ist ein sehr wichtiges Jahr für sie. Ich will Ihnen eins sagen. Keine krummen Touren, Charley, oder ich spalte Ihnen den Schädel mit einem Küchenmesser.«

»Sagen Sie ...«, sagte ich.

Meine Mutter ließ sich hören. »Charles«, sagte sie, »Junge, denk einen Augenblick drüber nach. Was wird aus mir, wenn du ins Gefängnis gehst? Sie ist sehr hübsch. Du wirst nicht jünger. Was wird aus mir? Junge ...«, sagte sie.

Sie wandte sich an Frau Graham. »Es ist schwer, alt zu sein und derart abhängig. Ich hoffe, Sie sind reichlich versichert.«

Frau Graham klopfte ihr auf die Schulter.

Meine Mutter nahm das als Einladung, sich zu verbreiten. »Wenn man richtig drüber nachdenkt, ist das alles bloß viel Lärm um gar nichts. Ich sage immer, sollen sie sich austoben, so lange sie jung sind. Wissen Sie«, sagte sie, die Augen umwölkt in überfüllter Vergangenheit, »wenigstens kann man dann auf etwas zurückblicken.«

Frau Graham zog ihre Hand zurück und errötete angstvoll.

»Willst du mich nicht heiraten?« fragte Cindy, und wieder kamen Tränen.

»Liebling ...« sagte ich.

»Dann ist es abgemacht«, sagte Herr Graham. »Ich suche ein anständiges Haus in unserer Gegend. Keine Kinder vorläufig, Charles, sie muß die Schule fertig machen. Und nun zu Ihnen«, sagte er und kam zur Sache, »so viel ist richtig, Sie haben ein ordentliches Geschäft. Ich lasse meinen Buchhalter mal die Bücher durchgehen. Wenn sie so sind, wie ich es erwarte, dann sind Sie in sechs Monaten dick drin. Sie werden der größte Laden für Klimaanlagen im Bezirk. Sie sind ein verdammter Faulsack, Sie haben überhaupt noch keine Ahnung, was Sie in einem Gemeinwesen wie unserm alles erreichen können.«

»Rauchen sollte man können«, sagte ich.

»Hier ist Rauchen verboten«, sagte mein Anwalt, der mein ganzes Leben zu einem erfolgreichen Abschluß gebracht hatte.

Auf diese Weise beschwichtigte ich die zuständigen Leute, und ich lebe mit Cindy in Umständen, die laufende sind.

Durch die Agentur meines Schwiegervaters bin ich zu einer erstklassigen Vertretung für Gefriertruhen und Kühlschränke gekommen. Wenn Sie sich etwas so Tadelnswertes vorstellen können, man hat sie einem Mann gerade vor der Nase weggeschnappt, der seit dreißig Jahren in der Branche ist, einem Mann, der sich diese Vertretung erträumt hat zum Lohn für unaufhörliche Mühen in den Küchen Amerikas. Wenn jemand mir den ersten Stein reichte, würde ich mich nicht schämen, ihn zu werfen. Aber auf wen?

Mit Cindy zu leben, bringt viele Freuden mit sich. Man gewinnt wichtige Kenntnisse über den Lebensbereich einer andern Generation. Ehre, wem Ehre gebührt, sie hat immer ein freundliches Wort für die Zukunft. Meine Ansicht ist, daß sie in sechs oder sieben Jahren eine wunderbare Frau sein wird. Ich wünsche ihr Glück; bis dahin werden wir uns fremd sein.

[illegible]
[illegible] vor der Abfahrt ausgedacht, die [illegible]
[illegible] der Kämpfe [illegible]
[illegible] Abfahrt [illegible]
[illegible]
[illegible] wurden mit [illegible]
[illegible] über den [illegible]
[illegible] Eine gebührte [illegible]
[illegible] für die Zukunft [illegible]
[illegible] sieben Jahren [illegible]
[illegible] wurde [illegible]
[illegible]

Zwei kurze traurige Geschichten aus einem langen und glücklichen Leben

1. Die Erzieher von Gebrauchtjungen

Da waren zwei Ehemänner von Eiern enttäuscht.

Ich mag sie auch nicht auf die Art, sagte ich. Macht eure Eier selber. Sie seufzten unisono. Ein Mann war fahl, einer war blaß.

Hier gibt's wohl nicht irgendwo einen Drink, was? fragte Fahl.

Kann hier nie einen finden, sagte Blaß. Such nicht; knochentrockenes verdammtes Haus. Blaß schob die Eier weg, Schmerz und Ekel sein Wappen.

Fahl sagte: Jetzt im Ernst, gibt's keinen Drink? Bier? hoffte er.

Nichts, sagte Blaß, der schon die Vorratskammern, Wandschränke und Kühlschränke durchgegangen war auf der Suche nach einem weißen Hemd.

Du hast verdammt recht, sagte ich. Ich knöpfte den obersten Knopf meines puderblauen Kittels zu. Ich langte unter den Küchentisch nach einer braunen Papiertüte, gefüllt mit einer Stickerei, die Gott bat, segne dieses Haus.

Ich machte dieses Motto fertig zum Schutz für meine Söhne, die auch die von Fahl waren. Es ist wahr, daß er vor ein paar Monaten von einem fernen Ort – den Britischen Ebenen in Afrika – gastfrei an Blaß geschrieben hatte: Ich finde sie wirklich feine Kerle, verstehst Du. Ich liebe sie auch, aber Faith ist ihre Mutter und jetzt ist Faith Deine Frau. Ich bin so viel weg.

Wenn Du sie als Deine betrachten willst, alter Junge, dann nur zu.
Mensch, danke, hatte Blaß geantwortet, Luftpost, überwältigt. Dann flehte er die Jungen an, wenn sie nicht in Gebrauch waren, in ihrem eigenen Zimmer zu spielen. Er gab sich alle Mühe, nett zu sein.
Als wir da nun von Zeiten sprachen, die vergangen und über uns gekommen sind, stichelte ich an dem Bauernhaus, das im Schatten einer Wolke und eines norwegischen Ahorns nistet, gleich unter der goldenen Schrift.
Ha-ha, sagte Fahl und ließ Kaffee auf seine Pyjamahosen tropfen, du rätst nie, in wen ich da reingelaufen bin, Faith.
Wen? fragte ich.
Hab deinen alten Freund Clifford im Green Coq gesehen. Er sieht gesund aus. Eins muß man sagen, wandte er sich an Blaß, sie sorgt gut für ihre Männer.
Wahr, sagte Blaß.
Wie geht's ihm, fragte ich kühl. Was macht er? Ich hab ihn zwei Jahre lang nicht gesehen.
Oh, das rätst du nie. Er heiratet. Ein entzückendes Mädchen. Sie war bei ihm. Kleine Füßchen, kleines rundes Hinterteil, kleiner Bauch – sie muß zweiundzwanzig sein, sieht aber wie siebzehn aus. Ein langer gelber Zopf den Rücken runter. Ein entzückendes Mädchen. Stummelnase, dicke kleine Unterlippe. Ihre Augen mit dem Stift angemalt. Schultern abfallend wie bei einer Tänzerin ... schlanker Hals. Oh, entzückend, entzückend.
Du hast sie jedenfalls beobachtet, sagte Blaß.
Ich habe eine funktionierende Netzhaut, sagte Fahl.

Dann fuhr er fort. Du solltest aufpassen, Faith. Du würdest dich wundern, die süßen kleinen Bienen schwärmen aus über die ganze Gegend. All die herzigen Schulmädchen, die rollen mit den großen schwarzen Augen. Ich hoffe, du hast dich endgültig eingerichtet diesmal. Für mich ist alles, was unter der Haube ist, in einem anderen Landstrich; jedenfalls bleibst du in meinem Leben eine wichtige Person, historisch gesehen, sagte er. Und darum fühle ich mich berechtigt, dich zu warnen. Ich muß dich warnen. Paß auf, meine Süße! sagte er und beugte sich vor, um barsch in mein Ohr zu flüstern und mir schreckliches Bauchweh zu machen.

Was soll das alles? fragte Blaß unschuldig. Erstens ist sie in festen Händen ... und dann ist sie immer noch eine attraktive Frau. Guck sie an.

O ja, sagte Fahl und guckte. Eine attraktive Frau. Großartig, manchmal.

Wir schwiegen mehrere Sekunden still zu Ehren dieser großzügigen Bemerkung.

Dann sagte Fahl, ja, großartig, aber ich wollte dich bloß warnen, Faith.

Er schob seine Eier endgültig weg und kam auf Clifford zurück. Ein Geheimnis, verpackt in ein Rätsel ... Ich frage mich, warum er heiraten will.

Ich weiß nicht, es bindet einen Mann bloß fest, sagte ich.

Aber trotzdem, sagte Blaß ernsthaft, was wäre ich ohne Ehe? Wenn mein Gedächtnis erleuchtet ist – ein streunender Hund, antwortete er.

In diesem Augenblick kamen die Jungen herein: Richard der Pferdedieb und Tonto der Meisterschütze.

Pappi! schrien sie. Sie faßten Fahl an, kitzelten ihn, knöpften seine Pyjamajacke auf und pfiffen angesichts der verschiedenen grauen Haare, die seine Brust färbten. Sie zwickten sein Ohr und rieben seinen Bart gegen den Strich.

Nun, nun, verwarnte er sie. Wie geht's euch, Jungs, seid ihr gesund und munter? Ihr seht gut aus. Stramm. Wie sind eure Zensuren? forschte er. Er träumte davon, daß sie grade aus Eton in die Ferien gekommen waren.

Ich geh nicht in die Schule, sagte Tonto. Ich geh in den Park.

Ich würde gern hören, wie das Kind liest, sagte Fahl.

Ich. Ich kann lesen, Pappi, sagte Richard. Ich hab ein Buch mit hundert Seiten.

Nun, nun, sagte Fahl. Hol es.

Ich stellte einen neuen Topf mit Kaffee auf. Ich scheuerte Tassen und quälte Blaß, bis er mir ein klebriges Glas mit Damaszenerpflaumenmarmelade aufmachte. In sehr kurzer Zeit war alles, was gelesen werden konnte, gelesen, und Fahl, der energisch an seinem Hosengürtel schnürte, kam zu mir an den Herd. Faith, mahnte er, dieser Junge kann nicht die Bohne lesen. Sieben Jahre alt.

Acht Jahre alt, sagte ich.

Ja, sagte Blaß, der sich grade an den Seifenschrank erinnert hatte und darin nach einem halben Liter wühlte. Wenn sie in Wirklichkeit meine Söhne wären, wie sie es im täglichen Leben sind, würde ich sie auf eine der guten kirchlichen Schulen in der Nähe schicken, wo Lesen unterrichtet wird. Lesen. St. Bartholomäus, St. Bernhard, St. Joseph.

Fahl wurde tiefrot und schnappte nach Luft. Nur über meine Leiche. *Merde*, sagte er im Hinblick auf die Kinder. Ich habe gesagt, ja, du kannst die Jungs als deine eigenen betrachten, aber wenn ich je höre, daß sie auch nur in Reichweite dieser Kirche kommen, dann spieß ich dich auf, du Saukerl. Ich war vierzehn Jahre alt, als ich mit meinem eigenen gesunden Menschenverstand diese betrügerische Grotte verließ, mit erhobenem Haupte. Du Schweinehund, es ist mir scheißegal, wie *au courant* das heutzutage ist, wie elegant, sich sonntags unter einer Kirchenkuppel sehen zu lassen ... Scheiße! Heuchelei. Korruption. Höhlenbewohner. Idioten. Schwachköpfe.

In Gedanken an Kindheit und Elternhaus krümmte sich der arme Fahl auf seinem Stuhl. Blaß hörte zu, den Kopf auf der Seite, an seinen Brauen staute sich der Gram.

Weißt du, sagte er langsam, wir Bilderstürmer ... wir Freidenker ... wir Freimaurer der letzten Tage ... wir Idealisten ... wir Träumer ... wir sind nie fern von unserer nervösen alten Mutter, der Kirche. Sie ist nie fern von uns.

Wo wir auch sind, können wir, ganz gleich wie schwach, ihre stündlichen Glocken hören, die dem weiten Land läuten, widerhallen in den Städten und unserem zivilisierten Bewußtsein Marias leidenschaftliche Tat nahebringen. Stündlich jede volle Stunde werden wir aufgeschreckt mit dem Gedenken daran, was für uns getan worden ist. FÜR UNS.

Fahl murmelte in großem Schmerz, diese Saukerle, oh, oh, oh, diese verächtlichen, gottverdammten Saukerle.

Müssen wir das neunzehnte Jahrhundert noch mal von vorne anfangen? In Ordnung, bellte er und stand uns allen gegenüber, ich bin soweit. Dieser Newman! Er wandte sich Zustimmung heischend an mich.
Weißt du, sagte ich, dies Thema hat mich nie besonders interessiert. Das ist dein kleiner Teller voll Lava.
Blaß sprach sanft und starrte durch die gewölbten Purpurfenster seiner Seele. Ich selbst, obwohl ich einen Gott schon vor langer Zeit verloren habe, ich habe nie den Glauben verloren.
Wovon, zum Teufel, redest du, du Schwachkopf, donnerte Fahl.
Ich habe nie meine Liebe zur Weisheit der Kirche in der Welt verloren. Wenn ich abends schlafen gehe, bete ich aus Versehen. Ich tu es auch beim Aufstehen. Nicht zu Gott, sondern zur alles vereinenden Erinnerung aus der Kindheit. Die ersten Worte, die ich je geschrieben habe, waren: Was sind die Sakramente? Faith, kannst du je vergessen, wie dein alter Großvater den Kaddisch gesungen hat? Es wird dir immer in den Ohren klingen.
Machst du Witze? Ich war wütend, daß ich in ihren Konflikt hineingezogen wurde. Kaddisch? Was weiß ich von Kaddisch. Wer ist gestorben? Du kennst meine Ansichten ganz genau. Ich glaube an die Diaspora, nicht nur als Tatsache, sondern als Grundsatz. Ich bin gegen Israel aus technischen Gründen. Ich bin sehr enttäuscht, daß sie zu meinen Lebzeiten beschlossen haben, eine Nation zu werden. Ich glaube an die Diaspora. Schließlich *sind* sie das auserwählte Volk. Lacht nicht. Sie sind es wirklich. Aber wenn sie sich erst mal in einer

kleinen Ecke in der Wüste zusammengedrängt haben, dann sind sie wie alle andern: Franzmänner, Italiener, zeitliche Nationalitäten. Juden haben nur eine Hoffnung – ein Rest zu bleiben im Keller der Weltgeschäfte – nein, ich meine was anderes – ein Splitter im Zeh der Zivilisationen, ein Opfer, um das Gewissen zu belasten.

Fahl und Blaß waren erstaunt über meinen Ausbruch, da ich selten meine Ansicht über irgendeinen ernsten Gegenstand ausspreche, sondern nur mein Schicksal lebe, das mir bestimmt, bis zum Datum meines Hinscheidens lachend die Dienerin des Mannes zu sein.

Ich fuhr fort. Ich höre, daß sie nicht einmal mehr wie Juden aussehen. Ein Haufen von Dreckbauern ohne Zeit zum Lesen.

Sie sind dein eigenes Volk, klagte Blaß an, blähte seine Nüstern, biß seine Kinnbacken zusammen. Und sie sind den erstesten Angriffen ausgesetzt. Dies ist nicht der Augenblick, sie zu schmähen.

Ich hatte meine Stickerei wieder aufgenommen. Ich seufzte. Meine Nadel war jetzt tief in den Wolken, die perlgrau und spätnachmittäglich waren. Ich will ja nur sagen, daß sie nicht für die Geographie, sondern für die Geschichte geschaffen sind. Sie sollen keinen Raum in Anspruch nehmen, sondern in der Zeit fortdauern.

Sie sahen mich mit solchem Gram an, daß ich beschloß, alle Seiten der Sache zu bedenken. Ich sagte, Christus hatte wahrscheinlich all diese Schwierigkeiten – jetzt wo ihr es sagt –, weil er wußte, daß er die ganze Welt gewinnen würde, aber er hat Jerusalem vergessen.

Als du uns geheiratet hast, sagte Blaß und erhob An-

klage gegen mich, hast du da nicht Jerusalem vergessen?
Ich vergesse nie was, sagte ich. Übrigens, rat mal, was passiert ist. Ich habe grade irgendwo gelesen, daß England bankrott ist. Das Land ist vollgestopft mit Abzahlungsscheinen.
Fahls Hand zitterte, als er Blaß Feuer gab. Unsinn, sagte er. Das ist nicht wahr. Unsinn. Die Große Britische Insel ist die feste kleine Faust am schlagkräftigen Arm des Commonwealth.
Was wahr ist, ist wahr, sagte ich lächelnd.
Na, sagte ich, da sich niemand rührte, glaubt ihr, daß ihr heute noch mal zur Arbeit kommt? Der eine oder andere?
Ach, meine Liebe, ich habe dich und die Jungen länger als ein Jahr nicht gesehen. Es ist ganz angenehm und gemütlich hier heute morgen, sagte Fahl.
Ja, nicht? sagte Blaß, der überraschte Gastgeber. Außerdem ist Sonnabend.
Wie findest du die Jungen? fragte ich Fahl, den Erzeuger.
Amerikanisch, amerikanisch, flegelhaft, unbeherrscht. Aber du siehst gesund aus, Faith. Fülliger, aber fraulich und gesund.
Sehr gesund, sagte Blaß, angetan.
Aber die Jungen, Faith. Sollten sie nicht etwas Ernsthaftes anfangen? Bloß kleine Plastik-Cowboys aufstellen. Es ist albern, wirklich.
Sie sind so jung, entschuldigte Blaß, der Erzieher von Gebrauchtjungen.
Ihr solltet beide lieber zur Arbeit gehen, schlug ich

vor und verknotete den perlgrauen spätnachmittäglichen Faden. Bitte stellt das Geschirr erst in den Spülstein. Bitte. Es tut mir leid mit den Eiern.
Fahl gähnte, reckte sich, guckte auf die Uhr, seufzte. Sonnabend oder nicht, leider, meine Zeit gehört nicht mir. Ich habe eine Verabredung in der Stadt in ungefähr fünfundvierzig Minuten, sagte er.
Ich auch, sagte Blaß. Ich komme mit dir in die U-Bahn.
Ich nehm ein Taxi, sagte Fahl.
Ich teil es mit dir, sagte Blaß.
Sie gingen raus ins Badezimmer, wo sie sich die Sachen nett teilten – Rasierzeug, Waschbecken, Dusche und so weiter.
Ich machte die Betten und räumte das Aluminiumfeldbett weg. Fahl würde bis zum Einbruch der Nacht ein Hotelbett finden. Ich wusch das Geschirr ab und organisierte den freßlustigen Tag; Dinosaurier am Morgen, Park am Nachmittag, zwischendurch Erdnußbutter, und am Ende von all dem, um uns für eine Woche zu belohnen, in der wir Bohnen ertragen haben, ein edler Rippenbraten mit kleinen Zwiebeln, Klößen und rosa Apfelmus.
Faith, ich geh jetzt, rief Fahl aus dem Flur. Ich legte meine Einkaufsliste weg und ging die Jungen sammeln, die in den Zimmern herumstreiften und Robin Hood suchten. Kommt, sagt eurem Vater auf Wiedersehn, flüsterte ich.
Welchem? fragten sie.
Dem richtigen Vater, sagte ich. Richard lief zu Fahl. Sie schüttelten sich die Hände wie Männer. Blaß umarmte Tonto und wurde elfmal für seine Zuneigung geküßt.

Dann Wiedersehn, Faith, sagte Fahl. Ruf mich an, wenn du irgendwas brauchst. Irgendwas, meine Liebe. Warm, mit edlem Anstand küßte er meine Wange. Blaß, einen Schritt weiter gehend, küßte mich mit beträchtlichem Eifer hinters Ohr.

Wiedersehn, sagte ich zu ihnen.

Ich muß zugeben, daß sie wenigstens sauber und anständig waren, ziemlich attraktiv, schimmernde Männer in den Dreißigern, vor denen die großen Ereignisse des Tages lagen. Dunkle Nacht, das Streben nach Lust und Vergessen waren weit weg. Wiedersehn, sagte ich, und einen schönen Tag auch. Wiedersehn, sagten sie noch einmal und machten sich mit Stolz auf Wege, die mich nichts angehen.

2. *Ein Thema der Kindheit*

Zu Hause, eines Sonnabends und jeden Sonnabend, zeichnete Richard DIN-A4-Porträts von Strichmännchen. Tonto hatte ein Plastikpferd in der Hand und nannte es Tonto, weil seine Augen blau angemalt waren, wie seine eigenen gewesen waren. Ich änderte den Saum des Kleides vom letzten Jahr, um zeitgemäß zu sein, schick und *au courant* mitten im Frühling. Fremde würden murmeln: »Seht sie an, ist sie nicht wunderbar? Wer ist ihr Couturier?«

Clifford schrubbte sich unter der Dusche und sang ein russisches Volkslied. Er erhob sich in einem Diskant kalten Wassers bis zum hohen C, gefolgt von der Züchtigung des Fleisches. Schließlich nach viermal heiß und dreimal kalt war er stark und glücklich und betrat das Wohnzimmer, eine dampfende Ausstrahlung. Sein Gesicht war rund und rosig. Er war bemerkenswert haarlos auf dem Kopf. Was hinderte Regen und Duschwasser daran, töricht sein Gesicht runterzulaufen? Schwere dunkle abfallende Brauen. Unter ihnen waren seine Augen rund und dunkel, erstaunt. Dieser Clifford, mein naher Freund, war arglos. Er konnte keiner Fliege etwas zuleide tun und war Vegetarier.

Wie immer war er froh, uns zu sehen. Er hatte ein großes Sonnenbadetuch um seinen feuchten Körper gewickelt. »Siehe, welch ein Mensch!« rief er und ließ das Tuch fallen. Er blieb einen Augenblick stehen, strahlend und erfreulich. Richard und Tonto starrten ihn an. »Bedeck dich, Herrgottnochmal, Clifford«, sagte ich.

»Reg dich nicht auf, Faith«, rief er in das Ohr der Vernunft, »die Welt ändert sich.« Eigentlich machte Schicklichkeit ihn nicht verlegen. Sie bekam ihm bloß nicht. Er spähte hinter dem Gummibaum hervor, wo seine Hosen herumlagen, das Unterste zuoberst. Als er wieder erschien, zugeknipst und geknöpft, sagte er: »Wacht auf, wacht auf. Warum hängt ihr denn alle so rum?« Er puffte Richard in den Bauch. »Ein bißchen Mumm hier, Junge. Wach auf.«

Richard sagte: »Ich will zeichnen, Clifford.«

»Du kannst immer noch zeichnen. Ich bin nicht immer da. Zeichne morgen, Rich. Komm schon – box mich, Junge. Box. Komm schon ... los, gib's mir. Nun mach aber los, Richy, sonst verpaß ich dir wirklich einen. Jetzt komm ich aber, ob du soweit bist oder nicht!«

»Jetzt komm *ich*«, sagte Tonto, ließ sein Pferd fallen und haute Clifford kräftig über die Nieren.
»Wer war das?« fragte Clifford. »Was für ein Junge war das?«
»Ich, ich«, sagte Tonto und hüpfte auf und ab. »Hab ich dir doll wehgetan?«
»Umgebracht hast du mich, jawohl, ja, das hast du, und jetzt erwisch ich *dich*.« Er wirbelte herum. »Und kitzeln tu ich dich, aber genau.« Er hob Tonto hoch über seinen Kopf, ein Wegwerfartikel, dann schleuderte er ihn auf den luftschäumenden Bauch der Couch. Richard schlich auf Zehenspitzen mit dem Teddybär zu einer leichten Anhöhe, dem Sofakissen, von wo er Clifford dreimal auf den Kopf haute.
»Oh, ich werde umgebracht«, schrie Clifford. »Sie sind alle hinter mir her. Sie sind so gewalttätig.« Richard kickte ihn vor's Schienbein. »So ist's richtig«, sagte Clifford. »Raus damit! Immer raus damit! Jungs!«
Tonto spuckte ihm genau ins Auge. Er wischte seine Wange. Er machte eine Finte und wich dem Teddybär aus, der gerade wieder auf seinen gebeugten Kopf niedersauste. Tonto sprang auf seinen Rücken und erwischte seine Ohren. »Au«, sagte Clifford.
Richard fand eine Tube mit Gummilösung im Bücherschrank und spritzte sie auf Cliffords haarige Brust.
»Ich bin wild«, sagte Richard. »Bin ich, ich bin wild.«
»Bin ich auch«, sagte Tonto. »Ich bin der wildeste Junge im ganzen Park.« Er zerrte an Cliffords Ohren. »Ich reite dich weg. Ich bin ein Elefantenjunge.«
»Er ist ein faules Kamel«, kreischte Richard. »Dummes Ei, du sollst arbeiten.«

»Stell dir vor, ich bin der Djinn«, sagte Tonto in einem hohen Klageton. »Uffstehn, Clifford.«
»Ich, ich, ich«, sagte Richard, zu Boden sinkend. »Ich bin's. Ich bin eine Giftschlange«, sagte er und rutschte zu Cliffords Fuß hin. »Ich bin eine Giftschlange«, sagte er und legte sein Kinn auf Cliffords Spann. »Ich bin eine schreckliche Giftschlange«, schwor er. Dann hob er seinen Kopf wie die Natter, die er ist, und nach einem ausgedehnten Zischen, mit seinen neuen Vorderzähnen, biß er den armen Clifford über dem Knochen in seine Achillesferse, welche sein schwacher linker Knöchel ist.
»O nein, o nein ...«, stöhnte Clifford, dann klappte er sauber in allen Gelenken zusammen.
»Mammi, Mammi, Mammi«, schrie Richard, denn Clifford fiel achtzig Kilo schwer auf ihn.
»Oh, das war ich«, kreischte Tonto, ein Elefantenjunge, der von seinem Pferd geworfen wurde, kopfüber in eine Falle von Tischbeinen.
Und er war derjenige, den ich zuerst erreichte. Ich drückte ihn auf meinen Schoß. »Mammi«, schluchzte er, »mein Kopf tut weh. Ich möchte am liebsten in dich reinkriechen.« Richard lag, eine zertretene Schlange, mitten auf dem Fußboden, ohne Atem, ohne Tränen, wütend.
Ja, und Clifford? Er hatte sein sorgenvolles Ich in einen Sessel gehievt und lag da, lispelnd mit einer blutigen Zunge, auf die er selbst gebissen hatte: »Faith, Faith, der Akkumulator, der Akkumulator!«

Angeschlagen und von Tränen überströmt, fanden sich die Kinder bereit, ins Bett zu gehen. Sie vergaßen zu sagen, daß es zu früh war zum Schlafen. Sie vergaßen, nach ihren Bären zu fragen. Sie lagen Seite an Seite und umklammerten gegenseitig ihre Daumen. Hier war die Liebe, welche Mythos oder Legende Brüdern auferlegt hat.

Ich kam wieder ins Wohnzimmer, wo Clifford saß, eine Beule wie einen Astrologenhut auf dem Haupt, dort, wo er hingehörte, auf durchgescheuerter Haut. Ganz genau dort liefen universale Energien zusammen. Die stationäre Sonne, die atemlose Luft, in der die Planeten umlaufen, besaßen nun die Kraft, ihn gesund zu machen, zu wirken wie Aspirin mit ihrer bemerkenswerten Kunst.

»Wir müssen uns mal ernsthaft unterhalten«, sagte er. »Ich kann diese Kinder wirklich nicht aushalten. Ich meine, Faith, du weißt selbst, ich hab's versucht und versucht. Aber du hast irgendwas mit ihnen gemacht, ihre Instinkte verdorben irgendwie. Da waren wir, hatten es einfach wunderbar, haben uns rumgewälzt und schön viel zwanglosen Krach gemacht, und sieh da, was passiert ist – jedesmal dasselbe, jemand wird verletzt. Ich meine, ich bin wirklich verletzt. Wir hätten alle entspannt sein sollen. Ungezwungen. Es hätte alles ungezwungen sein sollen. Unsere Körper hätten so ungezwungen sein sollen. Niemand hätte verletzt werden sollen, Faith.«

»Willst du damit sagen, es ist meine Schuld, daß ihr alle verletzt seid?«

»Ganz ohne Zweifel, Faith, du hast deine Sache saumäßig gemacht.«

»Saumäßig?« fragte ich.

»Lausig«, sagte er.

Ich gab ihm noch eine Chance. »Lausig?« fragte ich.

»Du lieber Gott! Zum Kotzen!« sagte er.

Daher nun das folgende – ein Kompendium von Motivierungen und Kummer, Leben, wie es heute ist:

Es stimmt, montags bis freitags – wegen Erfolg bei der Arbeit – ist mein Ego heiß; ich bin ein Stern; wenn sich jemand von mir wärmen lassen will, dem kann ich dienen. Die flachen Gewichtsteine von Kränkungen, die in diese schnelle Atmosphäre fliegen, verdampfen zur Gänze. Unberührt glühe ich meinen kleinen thermodynamischen Weg.

An Samstagmorgen in meiner eigenen Wohnung allerdings stehe ich dem soziologischen Gesetz gegenüber, das da heißt die Aufdringlichkeit des Unbestreitbaren. Denn ich habe diese Kinder aufgezogen, mit einer Hand hinter dem Rücken Maschine geschrieben, um den Lebensunterhalt zu verdienen. Ich habe sie ganz allein aufgezogen ohne einen Vater, mit dem sie sich im Klo hätten identifizieren können wie all die andern kleinen Jungen auf dem Spielplatz. Lacht mal. Von einem unbarmherzigen Management ist mir ein Ausbeuterkontrakt mit Bohemia aufgedrängt worden, soviel von der noch übrig ist. Ich bin dabei geblieben, trotz den Übergriffen freundlicher Verwandter, die Skihosen anbieten, Klavierstunden, Karten fürs Rodeo. Dazwischen habe ich Richard und Tonto betreut, ihnen beigebracht, sich sauberzuhalten und ein offenes Herz für die Themen der Kindheit zu bewahren. Mit uns ist es tatsächlich mächtig aufwärtsgegangen von Toiletten auf dem Flur und Herumkratzen nach Unterwäsche und Socken in großen Pappschachteln bei der Heilsarmee. Es war so eine Perversität von mir, das allein zu machen, außer dem einen Jahr, in dem ihr Vater in Chicago mit Claudia Lowenstill lebte und sie entsetzt war, daß er nur Fahrräder zum fünften Geburtstag schickte. Ein ganzes Jahr mit Zahlungen für Gas und Elektrizität, Miete und Telephon folgte. Eines Tages erwischte sie ihn im kreisenden Licht der Wahrheit, eine großartige Figur, die auf einem Faß Seifenlauge groß ins Geschäft kommen wollte und sauber unterging. Er ist jetzt an der Goldküste eines anderen Kontinents, bezaubert vom Überleben verborgener Kulturen. Gerichtshöfe mit Küchendramen kommen nicht an ihn ran.

Trotzdem, ich gab Clifford noch eine Chance, abzuschwören und mein Freund zu sein. Ich sagte: »Zum Kotzen? Ich habe sie lausig erzogen?«

Diesmal machte er sich nicht die Mühe zu antworten, weil er sich darangemacht hatte, seine Kleider an verschiedenen Stellen des Zimmers zusammenzusuchen.

Luft sickerte aus meinen beiden zusammenbrechenden Lungen. Wasser stieg, wollte sprudelnd eindringen, und ich wäre an schlagartiger Lungenentzündung gestorben – etwas, wovon ich noch nie gehört habe –, wenn meine Hand nicht einen Glasaschenbecher zu fassen gekriegt und, vollkommen unabhängig von meiner persönlichen Entscheidung, geworfen hätte.

Clifford war auf seinen Händen und Knien und suchte nach den Socken, die er am Freitag unter dem Sessel liegengelassen hatte. Sein Rücken war mir zugekehrt, sein Kopf schön in der Flugbahn. Und er wäre hingeschieden als ein Vollidiot, wenn ich nicht blind gewesen

wäre von Tränen und nur abgerissen hätte, was sowieso bloß ein verkümmertes Ohrläppchen ist.
Trotzdem, Clifford ist ein sanfter Mensch, ein Arrangement zarter Anlagen: Der Anblick von so viel Blut lähmte ihn. Plump ragte er auf, schaudernd, er wartete auf den Knien darauf, ein weiteres Zeichen zu empfangen vom Tode, dem Sheriff des Styx.
»So was sagt man nicht zu einer Frau«, flüsterte ich. »Du verdammter blöder Esel. Man sagt so was einfach nicht zu einer Frau. Wasch dich, Schafskopf, du blutest dich ja zu Tode.«
Ich ließ ihn allein, damit er sich einen Preßverband um seine Luftröhre wickelte oder sich selbst verarztete, entsprechend den gegenwärtigen Vorschriften für Erste-Hilfe-Leistung im Großen Globalen und Kommenden Krieg.
Ich ging auf Zehenspitzen ins Schlafzimmer, um die Kinder anzusehen. Sie schliefen. Ich deckte sie zu und küßte Tonto, mein Baby, und »Richard, was für ein großer Junge du bist«, sagte ich. Ich küßte ihn auch. Ich saß auf dem Boden und rieb meine Backe an Richards rubbeliger Wolldecke, bis ihr süßes Atmen in tiefem Schlaf mich beruhigt hatte.

Ein paar Stunden später wachten Richard und Tonto auf, in der Nase bohrend, niesend, brummig, dann froh. Sie bewunderten die Eisernen Kreuze von Schnellpflaster, die ich geschaffen hatte, um ihre Wunden zu ehren. Richard aß Suppe und Tonto aß Schinken. Sie fragten nicht nach Clifford, weil er einen Schlüssel besaß, der die Tür immer geöffnet hatte, rein oder raus.

Dieser Schlüssel ruhte in Frieden in der Erde meines Gummibaums. Ich fühlte mich unterbrochen. Es gab niemanden, dem ich ihn hätte geben mögen.

»Noch Hunger, Jungs?« fragte ich. »Nein, Chef«, sagte Tonto. »Ich bin voll bis hier oben«, und zielte auf seine Augen.

»Ich will euch mal was sagen«, kam ich mit einem famosen Vorschlag heraus. »Geht runter und spielt.«

»Nicht drängeln, Fräulein«, sagte Richard.

Ich sah aus dem vorderen Fenster. Vier Treppen unter uns, bewaffnet bis an die Zähne, wartete Lester Stukopf auf den Feind. Leichtsinnig gab ich Richard diese geheime Information. »Ist er ganz allein?« fragte Richard.

»Ist er«, sagte ich.

»O.k., o.k.« Richard starrte mich traurig an. »Bloß, Faith, denk dran, ich geh runter, weil ich Lust habe. Nicht weil du's gesagt hast.«

»Ja, natürlich«, sagte ich.

»Ich nicht«, sagte Tonto.

»Ach, sei nicht albern, du gehst auch, Tonto. Es ist so schön und sonnig. Nimm die neuen Pistolen, die Pappi dir geschickt hat. Los, Tonto.«

»Nein danke, ich hasse Richard, und ich hasse Lester. Und diese Pistolen. Es sind Babypistolen. Er glaubt, ich bin ein Baby. Du mußt ihm mal ein Bild schicken.«

»Ach, Tonto –«

»Er glaubt, daß ich am Daumen lutsche. Er glaubt, daß ich ins Bett mache. Darum schickt er mir Babypistolen.«

»Nein, nein, Liebling. Du bist kein Baby. Alle wissen, daß du ein großer Junge bist.«

»Ist er nicht«, sagte Richard. »Und er lutscht doch am Daumen, und er macht doch ins Bett.«
»Richard«, sagte ich, »Richard, wenn du nicht Gutes zu sagen hast, dann halt dein dreckiges Maul. Das hilft Tonto auch nicht, wenn man ihn dauernd dran erinnert.«
»Wiedersehn«, sagte Richard, nicht bereit zu Diskussionen, aber sehr erhaben und erstgeboren. Manchmal ist er ungezogen, aber er ist nie faul. Er kam nach fünfundvierzig Sekunden vom Erdgeschoß zurück, um zu rufen: »Solange er nicht in mein Bett macht, ist es mir egal.«
Tonto hörte ihn nicht. Er putzte seine Zähne, was er gelegentlich siebenmal am Tag heftig tut, in der Hoffnung, daß sie dann locker werden. Ich glaube, sie werden locker.
Ich goß mir im Wohnzimmer heißen Kaffee ein. Ich stellte im Sessel Bequemlichkeit her, goß den Kaffee schwarz in einen weißen Becher, auf dem MAMA stand, schnippte Zigarettenasche in eine von Richard eigenhändig ausgehöhlte Keramik. Ich sah in das quadratisch glänzende Fenster von Tageslicht, um mir die idiotisch bohrende Frage zu stellen: Was ist der Mensch, daß die Frau sich hinlegt und ihn anbetet?
Genau beim Fragezeichen kam Tonto leise, auf Socken schleichend, und sagte: »Ich muß was zu Richard runterrufen, Mutter.«
»Lehn dich nicht aus dem Fenster da, Tonto. Bitte, es macht mich nervös.«
»Ich muß ihm was sagen.«
»Nein.«

»O ja«, sagte er. »Es ist schrecklich wichtig, Faith. Ich *muß* wirklich.«

Wie konnte ich es zulassen? Wenn er fiele, würden alle denken, ich hätte sie vernachlässigt, tränke Bier in der Küche oder legte Augencreme auf am Schminktisch hinter geschlossenen Türen. Außerdem würde ich einen Verlust fürs Leben erleiden. Meine Großmutter trauerte ihr Leben lang um irgendein Kind, das im Alter von fünf Jahren an Ohrenschmerzen gestorben war. All die andern Kinder, ihrerseits im städtischen Pensions- und staatlichen Fürsorgealter, versammelten sich, um an ihrem Totenbett zu klagen, als sie einundneunzig war, und hörten sie murmeln: »Oh, oh, Anita, atme ein bißchen, versuch zu atmen, mein kleiner Liebling.«

Mit Tränen in den Augen sagte ich: »O.k., Tonto, ich halt dich fest. Du kannst Richard alles sagen, was du mußt.«

Er lehnte sich hinaus gegen die Luft. Ich hielt ihn an einem dicken kleinen Knie fest. »Richie«, brüllte er. »Richie, he, Richie!« Richard sah auf, bedeckte wahrscheinlich seine Augen und suchte die Stimme. »Richie, he, hör mal, ich spiel mit dem Fort zu deinem Geburtstag und mit all die Männer.«

Dann knallte er das Fenster zu, als ob er nichts über die Eigenschaften von Glas wüßte, und stürmte ins Badezimmer, um in triumphierendem Ritual nochmals seine Zähne zu putzen. Sang zwischen Zahnpasta und Gurgeln: »Wetten, daß er wütend ist«, und in einer niedrigeren Tonart: »Er hat's verdient, er ist ein Ekel.«

»Du auch«, schrie ich außer mir. Während ich um den

Verlust meiner Großmutter seufzte, hatte er sein großes Maul gegen seinen Bruder erhoben. »Du bist wirklich ein Ekel.«

»Jetzt hör mir mal zu. Du solltest hier jetzt verschwinden. Geh runter und spiel. Ich brauche zehn Minuten für mich allein. Anthony, ich könnte dich umbringen, wenn du hier oben bleibst.«

Er erschien wieder und roch wie Pfefferminzstäbchen zu Weihnachten. Er stand auf einem Fuß, sah zu meinen hohen Augen herauf und sagte: »O.k., Faith. Bring mich um.«

Ich mußte mich sofort hinsetzen, damit er glauben konnte, daß ich nicht größer war als er, und aufhören, auf mir herumzuhacken. »Bitte«, sagte ich sanft, »geh raus mit deinem Bruder. Ich muß nachdenken, Tonto.«

»Ich will nich. Ich brauch nirgendwo hinzugehn, wo ich nich will«, sagte er. »Ich will hierbleiben bei dir.«

»Oh, bitte, Tonto, ich muß die Wohnung saubermachen. Du könntest überhaupt nichts machen oder ein schönes Spiel anfangen oder irgendwas.«

»Das ist mir egal«, sagte er. »Ich will hier bei dir bleiben. Ich will ganz dicht bei dir bleiben.«

»O.k., Tonto. O.k. Ich will dir was sagen, geh ein paar Minuten in dein Zimmer, Liebling, geh schon.«

»Nein«, sagte er und kletterte auf meinen Schoß. »Ich will ein Baby sein und ganz dicht bei dir bleiben, jeden Augenblick.«

»Oh, Tonto«, sagte ich, »bitte, Tonto.« Ich versuchte, ihn loszumachen, aber er legte seinen Arm um meinen Hals und rollte sich auf meinem Schoß zusammen, Daumen im Mund, um mein Baby zu sein.

»Oh, Tonto«, sagte ich in verzweifeltem Kampf um eine einzige Minute für mich allein. »Warum kannst du nicht rausgehn und mit Richard spielen? Es macht dir bestimmt Spaß.«

»Nein«, sagte er, »es ist mir egal, ob Richard weggeht, oder Clifford. Die können gehn und machen, was sie wollen. Das ist mir ganz egal. Ich geh nie weg. Ich will ganz dicht bei dir bleiben für immer, Faith.«

»Oh, Tonto«, sagte ich. Er nahm seinen Daumen aus dem Mund und legte seine offene Hand, die Finger weit ausgestreckt, über meine Brust. »Ich lieb dich, Mama«, sagte er.

»Liebe«, sagte ich. »Ach Liebe, Anthony, ich weiß.«

Ich hielt ihn so und schaukelte ihn. Ich wiegte ihn. Ich schloß meine Augen und lehnte mich an seinen dunklen Kopf. Aber die Sonne in ihrer Bahn tauchte auf aus den Wassertonnen von Bürohäusern im Zentrum und schien plötzlich weiß und glänzend auf mich. Dann, zwischen den kurzen, fetten Fingern meines Sohnes, begraben für immer, wie ein schwarz und weiß gemusterter König in Alcatraz, leuchtete mein Herz auf in Streifen.

Zeit, die uns alle zum Affen gemacht hat

Kein Zweifel, das ist Eddie Teitelbaum auf der obersten Stufe von Nr. 1434, ein reparaturbedürftiger Jugendlicher mit dunklem Kinn, der immer das Sagen haben muß. Er baggert ein Loch mit einem Lutschstangenstengel. Er zupft an der Watte in seinem Ohr. Er schnüffelt und knurrt und schluckt Spucke runter, weil der Abfluß saumäßig ist. Aber es ist ihm scheißegal. Lassen wir die physischen Umstände beiseite, so steckt er bis jetzt erst knietief in der Inhumanität des Menschen; er ist versöhnt mit seines Vaters Jakob im härenen Hemd, Itzik Halbfunt; er hat sich abgefunden mit seiner Wohnung in diesem backsteinumsäumten Utrillo, der in Ostwestrichtung verläuft, platt in der Sonne, ein paar tausend Treppenstufen. Auf jeder Stufe ist wahrscheinlich jemand, den er kennt. Einstweilen keine Namen.

Nun seht mal die kleinen Kinder an, die in jenen Tagen kamen und um seine Füße herumsummten. Das machten sie, sie versammelten sich in dieser Felsenschlucht und polterten am Knie seiner grollenden Persönlichkeit. An manchen Tagen ging er ihnen voran in einer langen Schlangenlinie, auf der sie ihm folgten die Straße auf und ab, um die Ecke und zurück nach 1434. An dunklen Tagen machte er Elefanten, Hunde, Kaninchen und langschwänzige Mäuse für sie, aus Pfeifenreinigern. »Man kann auch einen feinen Arschreiniger daraus machen«, erzählte er ihnen zum Spaß, womit er ihre Mütter vollkommen gegen sich einnahm.

Naja, damals war er eben ein armes, schlampiges Schwein, arbeitete sonnabends, sonntags, im Sommer und in den Ferien, ohne Gewerkschaftsvertrag, in der Tierhandlung seines Vaters. Aber so sparsam er mit jedem Groschen bei den Kindern war, so verschwenderisch war er mit Bubblegum, denn Bubblegum stärkt die Kiefer. Er machte sich nie Gedanken über Zähne, sondern schätzte Gebisse und überhaupt alle Prothesen. Am Ende wird der Mensch wahrscheinlich seine Haut abziehen (sagte Eddie) und dauerhaftes Plastik bevorzugen, und dann – Rassenfrage erledigt. Ein Mensch kann dann jede Farbe haben, die er will, oder auch durchsichtig sein, wenn Form und Farbe der Eingeweide modern werden können. Eddie hatte Massen von Vorausinformationen, ohne deswegen auch nur mit der Wimper zu zucken, denn er sprach von der unentrinnbaren Zukunft; aber all seine Kumpels, hausbacken oder schwul, begabt oder gefühlvoll, spitzten ihre Ohren unter Tränen.

Er warnte sie auch vor den Spionen, die aus den Fenstern spähten oder wie Steine auf die Straße plumpsten, was eins der veräußerlichen Rechte der Kinder war. Frau Goredinsky, Oberspion, Konsistenz von frischem Kitt, saß jeden Morgen auf einer Apfelsinenkiste, das Auge auf die Tür von 1434 gerichtet. Auch Frau Green, republikanische Wahlhelferin im November – den Rest des Jahres wartete sie in ihrem der Straße abgewandten Eingang, ihre Hand zitterte, ihr Kopf drehte sich in eine Richtung, dann in die andere.

»Spielt jemand Tennis?« fragte Carl Clop, der Sohn vom Hausmeister.

»Laß sie leben«, sagte Eddie und spielte auf Zeitgewinn.

Dann kam eines Tages der alte Clop, der Hausmeister, aus dem Keller rauf und scheuchte die Kinder vor sich her mit dem Geklimper von Flaschendeckeln, als wollte er Geld ausstreuen. Er stellte sich in Position fünf Stufen unter Eddie, lehnte sich auf seinen Besen und holte zur Konversation aus.
»Was ist los, mein Sohn?« fragte er. »Wo sind'n deine Kollegen?«
»Unter dem Küchentisch«, sagte Eddie. »Sie sind blau von Heidelbeersaft.«
»Mach man weiter, Eddie; ein Punkt für dich. Wer ist der Strolch und läßt Kleenex auf dem Fußboden liegen?«
»Ich weiß nicht. Goredinsky hat seit Monaten einen Schnupfen.«
»Ach, die, was hast du gegen die, n' alten Topf mit Kohlsuppe? Immer stichelst du gegen sie.«
Aus einem dunklen Fenster vorne im ersten Stock sang eine winzige Stimme nach der Melodie von »O Heimat, dir geweiht«:

»Frau Goredinsky war'n Spion,
Heut hat FBI sie schon,
Morgen steht sie vor Gottes Thron, –
Wär das nicht schön?«

»Nu hör dir das mal an, Clop«, sagte Eddie. »Kein Mensch kann hier für sich sein, merkst du das jetzt? Hör mir mal zu, Clop, auf dem Lande, in Superbia, hat jeder Schweinehund eine Garage zum rumpriemeln.

Daran liegt es, daß große Ideen, glänzende Erfindungen von außerhalb der Stadt kommen. Warum, zum Teufel, sollten wir nicht genauso kluge Köpfe hervorbringen wie alle anderen?«

Nun hat Eddie Clop bloß ausgeholfen, gesprächsweise, ein gutes Verhältnis zur Obrigkeit gewahrt, sozusagen. Er hätte die Unterhaltung an genau dieser Stelle beendet, denn in dem Augenblick war er im Geiste dabei, einen Kakerlakentrenner zu erfinden, eine Vorrichtung, die nur den Kakerlak tötete, der aus seiner pechschwarzen Ritze auswanderte in die Cornflakes der Menschen. Wenn man das richtig plante und fein ausführte, würden all die andern Kakerlaken unbehelligt bleiben, um Sand ins Getriebe zu streuen, sich zu vermehren und schließlich den ganzen Wahlbezirk zu übernehmen. Warum nicht?

»Nicht so blöde«, sagte Herr Clop. »Für sich sein.« Dann versetzte er Eddie einen schnauzbärtigen, löchrigen, schiefen Agentenblick. »Wozu mußt du für dich sein, du? Einen reinstecken in Mädchen?«

Keine Antwort.

Clop machte die Unterhaltung wieder flott. »Also so geht das, so überholen sie uns also, die Bauern. Was weißt du schon? Wieso kommt eigentlich niemand auf die Idee, an euch Bengeln ein bißchen rumzuerziehen, besonders im Sommer? Die Stadt bezahlt schließlich die meisten Steuern. Jedenfalls was zum Teufel machst du hier auf der Treppe den ganzen Tag? Wieso hängt Carl vorne bei Michailovitch raus, morgens, mittags, abends, jedesmal wenn ich raufgucke? Komm schon, hau zum Teufel ab von dieser Treppe, du Teitelbaum«, schrie er. »Blödmänner. Steck das Kleenex in die Tasche.« Er verpaßte Eddie einen splittrigen Schlag mit dem Besen. Er wandte sich ab, runzelte die Stirn, dachte. »Haut ab, ihr Strolche«, murmelte er zu zwei rumlungernden Kindern, vielleicht vier Jahre alt.

Trotzdem, Clop war ein Mann mit tiefen Instinkten, ein ernstzunehmender Mann. Drei Tage später bot er Eddie den Schlüssel für den Fahrrad- und Wagenraum von 1436 an, dem Eck- und strategischen Gebäude.

»Zum Ausdenken von Erfindungen«, sagte Clop. »Was sind wir denn, Tiere?« Er fuhr mit der Mitteilung fort, daß er stolz darauf sei, sich der wissenschaftlichen Forschung zu assoziieren. So viele Jungen strichen draußen rum, Strolche, Strolche, Strolche. Carl, sein eigener Sohn, sah mies aus, spielte Tag und Nacht unter der Treppe Poker mit Shmul, dem Sohn des Rabbi, ein Yankee mit Käppchen*. Deshalb bat Clop Eddie, er sollte Carl überreden, ein klein bißchen in seine Fußstapfen zu treten, mit Denken und Durchhalten. Er mochte Wissenschaft wirklich sehr gern, sagte Herr Clop, aber er brauchte ein bißchen Aufmunterung, weil er keine Mutter hatte.

»O.k., o.k.« Eddie war bereit. »Er kann mir helfen, eine Rakete zum Mond auszutüfteln.«

»Zum Mond?« fragte Herr Clop. Er guckte aus dem Kellerfenster in ein Stück Mittagshimmel.

Unmittelbar vor Eddies wunderwirkenden Augen befand sich, für unmittelbaren Gebrauch, ein Spülstein, Elektrizität, Gasanschlüsse und diverse Leitungsrohre.

* Yankee in a Skullcap: My Day and Night in the East Bronx, Shmul Klein, Mitzvah Press.

Was braucht man sonst als Voraussetzung für ein beliebiges Labor? Glauben Sie etwa, daß das Institute for Advanced Studies großartiger angefangen hat oder all die kleinen verschlossenen Cyclotron-Häuser? Der Anfang von allem ist feucht und klein, aber weitästige Eichen – laut Mythe, Legende und Volkssagen der Leute – wachsen aus einzelnen Eicheln.

Eddies erste Aufgabe war die Vollendung des Kakerlakentrenners. Zum Selbstkostenpreis plus 6 Prozent zog er Niederspannungsdraht rund um die Fußleisten der einheimischen Küchen, welcher unmittelbar jeden Kakerlak, der einen Wink begreifen konnte, in seinen klebrigen Lebensraum unter dem Linoleum zurückwies. Er richtete die verstockten Dummköpfe hin, deren Überleben Darwin ohnehin nicht vorgesehen hatte.

Es war nichts besonders Originelles an dieser Arbeit. Eddie würde sofort zugeben, daß er den ganzen Sommer an Land und Kühe sowie an Stacheldraht gedacht und einfach die so gespeicherte Kenntnis auf die besonderen Bedingungen seiner Umwelt angewandt hatte.

»Pfui Teufel, was das jetzt für ein Sommer wird«, sagte Carl und pflückte einen Käfer vom Labordraht. »Ich finde, wir sollten auch ein bißchen Spaß haben, Eddie. Wie ist es? Ich dachte, wenn wir ein Club wären, dann wären wir doch irgendwie vollständiger.«

»Alle wollen Spaß«, sagte Eddie.

»Ich meine nicht richtigen Spaß«, sagte Carl. »Wir könnten ein wissenschaftlicher Club sein. Aber einfach bloß du und ich – nee, das Zeug hab ich satt. Schaff paar mehr Jungs ran. Mach eine Organisation draus, Eddie.«

»Warum nicht«, sagte Eddie, der sich gern an seine Arbeit machen wollte.
»Prima. Ich hab mir ein paar Namen überlegt. Wie ist ... Fortschreiter ... Kapiert?«
»Mist.«
»Ich hab an einen witzigen gedacht ... wie auf diesen kleinen Karten. Wie ist es mit Die Dänker?«
»Sehr witzig.«
Carl steckte zurück. »In Ordnung. Aber wir müssen noch ein paar Mitglieder kriegen.«
»Zwei«, sagte Eddie, in Gedanken ein kurzes Gelächter.
»Ja, o.k. Aber Eddie, wie ist es mit Mädchen? Ich dachte, schließlich haben die Frauen doch schon lange das Wahlrecht. Sie werden Ärzte und ... Was ist mit Madame Curie? Und noch ganz andere.«
»Bitte, Carl, laß mich zufrieden. Wir haben noch ungefähr dreizehn Meilen Draht übrig. Ich muß mir was überlegen.«
Carl konnte nicht aufhören. Er mochte gern Mädchen rund um sich rum, sagte er. Sie verwandelten ihn in einen strahlenden, heiteren Kerl. Ihm fielen wunderbar witzige Bemerkungen ein, wenn sie da waren. Besonders Rita Nishkov und Stella Rosenzweig.
Er würde gerne fortfahren, zum Beispiel mit der Beschreibung der Zwillinge Spitz, wie sie so oberlastig waren, aber mit Hüften wie Jungen. Hatte Eddie sie nicht rumschwimmen sehen im Schwimmbad Seymour-Straße, mit ihren luftdichten Titten als Schwimmgürtel?
Außerdem die entzückende kleine Stella Rosenzweig, wie ein Mädchen vom Vassar College, obwohl sie erst

in der dritten Klasse Oberschule war. Wenn man mit ihr tanzte, konnte man eine Art Nadelstiche fühlen, denn wenn sie auch klein war, so war sie doch äußerst spitz.

Eine Grundwelle von Sinnlichkeit kurz vor dem Mittagessen schmiß Eddie um. Um sich zu retten, sagte er kühl: »Nein, nein. Keine Mädchen. Sonnabends können sie am Abend rüberkommen, ein bißchen tanzen, ein bißchen fummeln. Das Labor aufräumen. Keine Mädchen mitten in der Woche.«

Immerhin versprach er, die Verbindung zwischen Carl und den Zwillingen Spitz aufrechtzuerhalten, indem er ihren Bruder Arnold für sofortige Mitgliedschaft vorsah. Das war eine glückliche, ruhige Wahl. Arnold brauchte eine Ecke, wo er malen konnte. Er behauptete, daß das Tageslicht auf die Dauer verschwinden würde und mit ihm die Mythen über das Nordlicht. Er gründete in diesem dunklen Keller eine Schule von Malern, genannt die Lichtbrecher, die immer noch auf einem Dachboden in der neunundzwanzigsten Straße Ost unter zwei Fünfundzwanzig-Watt-Birnen zusammenarbeiten.

Auf Carls Empfehlung wurde Shmul Klein hinzugezogen, ein großartiger vierter Mann, aber Eddie sagte, keine Kartentische. Shmul hatte das Gesicht von einem unverwickelten Kerl. Spielte er nach der Schule den Buchmacher? Nein, nein, sagte er, Gerüchte vermehren sich: die Wahrheit bleibt ledig.

Er war ein Journalist des Lebens, wie Eddie ein Handlanger des Wissens war. Nach seiner Zukunft befragt, pflegte er zu äußern, daß er dazu bestimmt war, über

Beihilfen zu stolpern und eine schreckliche Last von Stipendien auf seinem Weg zu einem leichten Job in der Werbung zu schleppen, wobei er nur einen Bruchteil seines Potentials ausschöpfen würde.
Nun ja, es waren natürlich noch andere da, die da herumwuselten und Mitglieder werden wollten, weil sie dachten, da würde ein lokaler Puff eingerichtet. Eddie lachte und wies auf einen Markt hin, der schon übersättigt war dank persönlicher Initiative, ganz zu schweigen davon, daß die Jungfräulichkeit als moralisches Gegengewicht an Boden verloren hat.
Es war zeitraubend für Eddie, ein Club zu sein. Ganze Nachmittage und Wochenenden gingen aus Gründen der Öffentlichkeitsarbeit verloren. Die Jungen baten ihn, öffentliche Versammlungen abzuhalten, damit der eigentliche Charakter des Clubs von den Eltern der Mädchen gewürdigt werden konnte. Eddie sprach dann über »Die Dispersion der Milchstraßen und die Erhaltung der Materie«. Carl applaudierte zweimal in einem Aufruhr von Begeisterung. Herr Clop hörte zu, war beeindruckt, fragte, was er für sie tun könnte, und schloß dann ihren Wattverbrauch an Frau Goredinskys Zähler an.
Eddie bot auch politische Vorlesungen an, weil dies Zeiten sind, die, wenn der Mensch menschlich wäre, seine Seele kitzeln könnten. Von seinem Einszwanzig-mal-zwei-Meter-Zimmer aus, das Eddie mit Itzik Halbfunt, dem Affen seines Vaters, teilte, sah er Konfigurationen von Unheil den Himmel umgestalten, bevor sonst jemand auch nur den Rauch roch.
»Wer war der Feind?« fragte er, um ein bißchen Ge-

schichtlichkeit in seine Clubkameraden zu praktizieren.

»War es das Volk des Meeres? Troja? Rom? Die Sarazenen? Die Hunnen? Die Russen? Die Kolonien in Afrika, das stinkende Proletariat? Die gefährlichen Eigentümer des Kapitals?«

Typischerweise gab er keine Antwort. Er ließ sie diese weitläufigen Fragen auf armseligen hohlköpfigen Webstühlen verweben, während er zu Michailovitch reinging und einen Selleriesaft trank.

Er teilte seinen Gewinn aus dem Kakerlakentrenner mit den andern. Auf diese Weise nahmen sie Anteil und hatten die Freundlichkeit, sich seine philosophische Betrachtungsweise zu Herzen zu nehmen, wie es die Kunden taten, denen er es als eine menschliche Pflicht erklärte, so wenig wie möglich in die Natur einzugreifen außer bei der Nahrungssuche, eine bahnbrechende Tragödie, die in den wilden Wäldern ebenfalls Geltung hat.

Lesen, Nachdenken über Dinge jenseits des Gesichtskreises der physikalischen und chemischen Wissenschaften führte seine Arbeit vom idealistischen Kakerlakentrenner zu einem Telephonwählsystem für Leute, die Fürsorge bezogen, im Umkreis von zehn Blocks – und schließlich zu dem allgemein bekannten Kriegsdämpfer, der all seine Novizen im Labor aktivierte, aber in der Hauptrolle seine eigene einsame Geduld zeigte.

»Eddie, Eddie, du brauchst zu lange«, sagte sein Vater. »Was ist mit uns?«

»Ihr«, sagte Eddie.

Wie konnte er seine Aufgaben im Teitelbaumschen Zoo vergessen, einer Tierhandlung, wo drei oder vier Köter, von Sägemehl räudig, im Fenster schliefen? Hundert Gallonen Goldfische waren drinnen in Gläser eingemacht, vier Kanarienvögel sangen tu-wit-tu-wu – alle warteten darauf, daß er die Körner, den Fraß, den Mansch in ihre Freßkübel kippte. Der arme Itzik Halbfunt, der Affe aus Paris, Frankreich, wartete auch und nagte an seiner Baskenmütze. Itzik sah wie Herrn Teitelbaums Onkel aus, der an seinem Judentum gestorben war in den Epidemien von 40, 41. Aus diesem Grunde sollte er nie verkauft werden. »Wirklich schade«, so die Bemerkung eines Außenstehenden, denn ein gewisser Italiener aus der Gegend hätte vielleicht 45 Dollar für diesen Affen bezahlt.

Aus Kummer hatte Herr Teitelbaum sich für immer von seinem Nächsten, dem Menschen, abgewandt, und lebenslänglich blinzelte er daraufhin wie eine Katze und hüpfte wie ein Vogel und hing rum wie ein Hund. Wie ein Papagei, alles, was er sagen und wiederholen konnte, wenn Eddie seine Pause am Abend machte, war: »Eddie, laß die Tür nicht offen, ich und die Vögel, wir fliegen weg.«

»Wenn du Flügel hast, Papa, dann flieg«, sagte Eddie.

Und das war Eddies Leben, Jahr für Jahr, seit der Kindheit: er schaufelte Hundedreck und Vogelkörner, und sah zu, wie die Goldfische schwammen und sich nährten und starben in einem großen Glas mit Wasser fern von China.

Eines Montagmorgens im Juli, strahlend und heiß und früh, rief Eddie die Jungen zusammen, um Aufgaben in Geländeaufklärung und Kartographie zu verteilen. Carl kannte den Keller äußerst genau, aber Eddie wollte ein besonderes Verzeichnis von Türen und Fenstern und daß ihr Zustand festgestellt wurde. Drei Gebäude waren in diese Serie einbezogen, 1432, 1434, 1436. Er beantragte, daß sie ein Tagebuch führten, um zu brauchbaren Statistiken darüber zu kommen, wie viele Damen die Waschküchen zu welchen Stunden benutzten, wie heiß das heiße Wasser im allgemeinen zu gewissen festgelegten Zeiten war.

»Weil wir jetzt mit Gasen arbeiten wollen. Gas dehnt sich aus, verdichtet sich, diffundiert und läßt sich verflüssigen. Wenn irgenwann irgendwelche Gefahr besteht, bin ich zuständig und übernehme die Verantwortung. Bloß benehmt euch nicht wie verdammte Idioten. Ich verspreche euch«, fügte er bitter hinzu, »einen Riesenspaß.«

Er bat sie, sich ein bißchen Fingerfertigkeit im Umgang mit Werkzeug anzueignen. Carl, als Sohn von Clop Klempner, Elektriker und Reparaturmann, war ein glücklicher, aggressiver Lehrer. In den lauten Waschmaschinenstunden des Morgens bohrten sie unter Carls Aufsicht kaum sichtbare Löcher in die Kellerwände und legten strapazierfähige Gummischläuche. Die erste Testserie erforderte ein System empfindlicher Leitungen.

»Ich bin die Hohlvene und die Aorta«, erläuterte Eddie. »Was von mir ausgeht, muß zu mir zurückkehren. Seid ihr die Techniker. Findet die beste Methode heraus, wie man alle abgelegenen Gebiete versorgt.«

Mit »versorgen«, erklärte Shmul, meinte er in Wirklichkeit »ersticken«.

Am neunundzwanzigsten Juli waren sie fertig. Um

8.13 Uhr morgens fand in kleinem Maßstab und auf beschränktem Raum der erste Test statt. Um 8.12 Uhr morgens, kurz vor dem Augenblick des Pff*, wurden alle Geschäfte in den Kellern abgewickelt – Abfall von kleinen in große Kübel umgeladen; früh hellwache Omas, wacklig vor Schlaflosigkeit, kippten Wäsche in die großen Bottiche; Jungen in Badehosen rollten Kinderwagen hinaus in den kühlen Morgen. Ein Kohlenlaster kam an, wendete, fuhr rückwärts auf den Fußweg, hielt an, schob seine schwarze Rampe in ein rußgeschwärztes Kellerfenster und fing an zu poltern. Herrn Clops Radio war laut. Während er so arbeitete, die Kübel rollte, sie mit Carls Hilfe über die hölzernen Kellertreppen hochhievte, mit den Kohlenmännern über den Vortritt stritt, hörte er die Nachrichten. Er wollte wissen, ob die Sonne herausrollen würde, glänzend wie je; ob Aussicht auf Regen bestand, weil sein Bruder Tomaten anbaute in Jersey.

Um 8.13 Uhr morgens gab der Wecker im Laboratorium die klingelnde Parole aus. Eddie drückte einen Knopf im Unterbau eines gewöhnlichen Glaskaffeetopfs, aus dessen Tülle zwei Schläuche in die Wand liefen. Ein leises Zischen folgte: der Kaffeetopf dampfte und trübte sich und wurde wieder klar.

Vierzig Sekunden später brüllte Herr Clop: »Jesses, wer hat hier gefurzt?« obwohl der Geruch keineswegs genau von dieser Art war, Eddie, der Braumeister, wußte es. Zumindest war *geplant*, daß er grüner, stinktierhafter sein sollte, den Abschreckungsmitteln ähn-

* *The Moment of Pff: An Urban Boyhood*, Shmul Klein, Mitzvah Press.

licher, wie sie in Tiere und Pflanzen eingebaut sind, aber stärker. Er wurde unverzüglich über einen gewissen Erfolg informiert durch das Gebrüll der Kohlenmänner, die schrillen Schreie der alten Damen.

Befriedigt berührte Eddie einen andern Knopf, diesmal an der Unterseite von Frau Spitz's umgebautem Staubsauger. Der umgekehrte Prozeß dauerte nicht mehr als zwei Minuten. Das Glas trübte sich, die Tülle wurde zugestöpselt, der Geist kehrte zurück.

Eddie wußte, daß die Jungen ein bißchen länger brauchen würden, um von ihren Beobachtungsposten und den Leuten, die wiederum sie beobachteten, loszukommen. Während dieser Spanne Zeit sank sein Herz, wie Herzen es zuweilen tun nach einem großen Liebesakt. Ihn überfiel eine Migräne von heraufziehender Vereinsamung. Als Carl aufgeregte Neuigkeiten brachte, hörte er traurig zu, denn was ist das Leben? dachte er.

»Gott, toll!« schrie Carl. »Weltbewegend! Irr-sinnig! Eddie, Eddie, ein Wunder! Niemand weiß, wie was wo . . .«

»Aber«, sagte Eddie. »Beruhige dich doch erst mal, Carl.«

»Aber hör doch, Eddie, niemand hat einen Schimmer«, sagte Carl. »Wie lange hat es gedauert? Es war zu Ende, bevor diese behämmerte Schlampe, Goredinsky, aus unserm Klo kommen konnte. Sie schrie und zog ihre Pumphosen hoch und zog ihr Kleid runter. Ich hab von der Tür her zugeguckt. Es hat mich umgeschmissen. Dabei darf sie dies Klo nicht mal benutzen. Es ist unsers.«

»Tja«, sagte Eddie.

»Moment, Moment, hör doch. Mein Vater sagte immerzu: Herrjesus, hab ich irgendwo vergessen, einen Abzug aufzumachen? Herrjesus, was hab ich bloß gemacht? Hab ich die Schlote kaputtgemacht? Sag doch was, sag doch was, nur ein Wort!«

»Dein Vater ist ein netter alter Kerl«, sagte Eddie kalt.

»Ach, das weiß ich«, sagte Carl.

»Charakterkopf«, sagte Arnold, der grade reingekommen war.

»Guck meinen Vater an«, sagte Eddie, der jetzt die dunkle und beunruhigende Seite der Sache sah. »Guck ihn an, er sitzt in diesem Laden, er rasiert sich nicht, vielleicht zweimal die Woche. Manchmal bewegt er sich ein oder zwei Stunden nicht. Seine Nase läuft, daß die Vögel wissen, er lebt. Dieser lausige Mistkerl, er war mal ein richtiger Kenner der Weltgeschichte, der hält sich einen stinkigen Zoo und diesen dreckigen Affen, der nicht mal grade pissen kann ...« Bitterkeit über seinen verkrampften Stil und seine Hosen aus zweiter Hand verschlug ihm den Atem. Also lachte er und teilte ihnen die Fakten mit. »Wißt ihr, mein Alter war so unter Druck, kurz bevor er geheiratet hat, und er hatte so schrecklichen Respekt vor Frauen (er respektiert Frauen, kann ich euch sagen), und wißt ihr, was er da gemacht hat? Er hat sich in den Bronx Zoo geschlochen und da sein Dings in eine Schimpansin reingerammt. Da staunt ihr aber, was! Hört nur, sie haben das Baby nach Frankreich verfrachtet. Wenn mein Vater es offen zugegeben hätte, wären wir jetzt reiche Leute. Mir wird schlecht, wenn ich bloß dran denke. Er wäre der größte Unzüchtler seit den Anfängen der Geschichtsschreibung. Er wäre gesucht in Schweineställen und Gestüten. Sie würden ihm von Irkutsk telegraphieren, er soll bei diesen verrückten Kreuzungsversuchen mit Bestäubungen mitmachen. Was könnte er bei Winterweizen erreichen! Dieser Schwanzlecker erzählt allen Leuten, daß er nach Paris rübergefahren ist, um zu sehen, ob seine Cousins noch lebten. Er ist rübergefahren, um meinen großen Bruder Itzik zu holen. Um ihn nach Hause zu bringen. Um meine Mutter und mich zu erbittern.

»Oha . . .«, sagte Carl.

»So ist das also«, sagte Shmul, weiland Reporter, der neben Eddie spielte. »Darum bist du so ein Schlaumeier. In ständiger Konkurrenzsituation mit einem überkandidelten Bruder . . . Aha . . .«

»Bitte«, sagte Arnold, dem der Skizzenblock auf den Knien wackelte. »Bitte, Eddie, heb deine Arme noch mal so hoch wie eben grade, als du wütend warst. Es inspiriert mich.«

»Lumpenhunde«, sagte Eddie und spuckte auf den fleckenlosen Laboratoriumsfußboden. »Ein Haufen Lumpenhunde.«

Trotz alledem, die Idee des neunzehnten Jahrhunderts, daß Fortschritt den Dingen eingeboren sei, ist vollkommen korrekt. Denn seine Traurigkeit nahm ab, und der frühe August war eine Zeit voll harter Arbeit und großartiger Geselligkeit. Das Wunder des machtvollen ungiftigen Gases aus unerkennbarer Quelle blieb bestehen. Die Jungs bewahrten ihr Geheimnis. Außenseiter rätselten. Sie wußten. Sie soffen Cola wie ein Regiment, das alle Spielautomaten des Feindes erbeutet hat ohne ein einziges Mal Tilt.

Die Samstagabende im Labor waren glücklich, schallten von 45 UpMs, umgeben von wunderbaren Frauen. Scharfe Abenteuer aller Art wurden von Shmul aufgezeichnet ... Er hatte es alles aufgeschrieben: wie eines Tages Herr Clop reinmarschiert kam, um nach Sicherungen zu suchen, und entdeckte, wie Arnold Rita Nishkov nach dem Leben zeichnete. Sie hielt einen Destillierkolben über eine Brust, um technische Schwierigkeiten für Arnold zu schaffen, der ehrgeizig war. »Nicht schlappmachen, Junge, nicht schlappmachen«, murmelte Clop, für den das alles ein Mißverständnis war. Und an einem andern Abend zog Blanchie Spitz alles aus außer ihrem Schlüpfer und ihrem Büstenhalter, und auf Grund von einem Teelöffel Rum in anderthalb Litern Cola beschloß sie, Haltungsübungen nach der Musik der ›Nußknackersuite‹ auszuführen. »Ach Blanchie«, sagte Carl, dem vor Liebe fast übel war, »mach einen Bauchtanz für mich, Baby.« – »Ich weiß nicht, was ein Bauchtanz ist, Carl«, sagte sie und ging bei acht in eine tiefe Kniebeuge. Arnold fing sie mit Ritas Rock, den er zufällig als Lasso in der Hand hatte. Er schleppte Blanchie ab in eine Ecke, wo er ihr eine knallte, sie anzog, fragte, was sie dafür kriegte und ob Verwandte inbegriffen wären, und bevor sie antworten konnte, knallte er ihr noch eine und brachte sie dann nach Hause, Ritas Rock über eine Schulter geworfen. Diese Art Vorkommnis muß das ganze Viertel einnehmen gegen eine noch so intensive chronologische Aufzählung guter Werke. Ritas Rock, an einem Knopfloch aufgehängt, flatterte zwei Tage lang am eisernen Kellergitter und wurde nicht abgeholt. Mädchen, leitartikelte

Shmul in seinem kleinen Buch, leben ein steinzeitliches Leben in einer glasgeblasenen Höhle.

Zu Eddie kam der Stoff dieser Klatschgeschichten meistens über Shmul. Die Wahrheit ist, daß Eddie keinen häufigen Anteil an den Festivitäten nahm, denn Sonnabend war für seinen Vater Kinoabend. Herr Teitelbaum hätte den Laden zugemacht, aber der Manager von Loew's weigerte sich, Itzik eine Karte zu verkaufen. »Zeigen Sie mir«, sagte Herr Teitelbaum, »wo steht: keine Affen.« – »Bitte«, sagte der Manager, »heute abend hab ich Hochbetrieb.« Itzik war noch nie allein gewesen, denn obwohl er ein hochbegabter Affe war, ist er in der Welt der Menschen doch dumm. »Ach«, sagte Herr Teitelbaum, »wissen Sie, was es heißt, einen Affen als Schoßtier zu haben? Es ist, als ob man einen Idioten aufzöge. Man hängt sehr an ihm, egal was passiert, und ist sehr angebunden.«

»Immerhin, hier kommt Schwung in die Sache«, sagte Carl.

Ungefähr eine Woche nach dem unerfreulichen Zwischenfall mit den Mädchen (welcher schließlich die gesamte Familie Nishkov etwa sechs Blocks stadtaufwärts trieb, wo sie unbekannt waren) bat Eddie um ein außerplanmäßiges Treffen. Die Schule sollte in drei Wochen anfangen, und er war fest entschlossen, die Serie abzuschließen, die den Beweis für die Verkäuflichkeit seines Kriegsdämpfers unter den Nationen erbringen sollte.

»Übertreib nicht«, sagte Shmul. »Was wir hier haben, ist ein großer Gestank.«

»Ungiftig«, erklärte Eddie. »Ganz gleich in welcher

Konzentration, ungiftig. Vergiß das nicht, Klein, denn das ist das Schöne dran. Ein Kriegsinstrument, das nicht tötet. Stell dir vor.«

»O.k.«, sagte er. »Ich geb's zu. Und?«

»Shmul, du hast einen scharfen Blick. Was haben die Leute gemacht beim letzten Test? Sind sie erstickt? Haben ihre Augen getränt? Was ist passiert?«

»Das hab ich dir doch schon erzählt, Eddie. Nichts ist passiert. Sie sind bloß gerannt. Sie sind gerannt wie der Teufel. Sie haben sich die Nase zugehalten und die Tür herausgerissen, und ein paar Kinder sind die Kohlenrampe raufgeklettert. Alle haben aufgejault und sind dann losgerannt.«

»Und dein Vater, Carl?«

»Oh, Jesses noch mal, das hab ich dir nicht einmal, sondern zwanzigmal erzählt, er machte, daß er rauskam. Dann stand er auf den Stufen, hielt sich die Nase zu und überlegte, auf wen er die Sache abschieben sollte.«

»Tja, das meine ich ja grade, Jungs. Das ist die Lehre aus dem Kakerlakentrenner. Ein friedfertiger Kerl, der auf die Warnzeichen seiner Sinne achtet, wird Generationen von Niederlagen überleben. Was soll uns das Erbe der Laus mit all der elenden Virulenz in ihrer Nukleinsäure? Was? Ich habe die politische Strategie nicht ganz und gar aufgearbeitet, aber unsere Aufgabe hier besteht jedenfalls einfach darin, mit der Technologie fertig zu werden.«

»O.k., die Gummileitungen müssen jetzt verlängert werden bis zum Erdgeschoß und in die erste Etage von 1432, 1434, 1436 – die drei zusammenhängenden Gebäude. Bohrt nicht zu Michailovitch an der Ecke rein, weil es in die Eiskrembehälter und Karamellen und das Zeugs sickern könnte, und ich habe noch nicht alle Nahrungsmittel getestet. Wenn ihr heute und morgen arbeitet, sollten wir Donnerstag fertig sein. Freitag steigt der Test; bis mittags sollten wir alle Berichte haben und wissen, woran wir sind. Noch Fragen? Carl, hol die Werkzeuge, du leitest die Sache. Ich muß diesen verdammten Kaffeetopf reparieren und sehen, wie der Motor ist. Wir treffen uns Freitagmorgen. Dieselbe Zeit – 7.30 Uhr.«

Dann eilte Eddie zurück in den Laden, um die Vogelkäfige sauberzumachen, die er tagelang vergessen hatte wegen der Aufregung in seinem Kopf. Itzik bot ihm eine Banane an. Er nahm sie. Itzik schälte sie für ihn, holte dann eine Banane für sich selbst. Er warf die Schalen in den Abfalleimer, wofür Eddie ihn auf sein törichtes Gesicht küßte. Er sprang auf Eddies Schulter, um die Vögel zu ärgern. Eddie mochte nicht, wenn er das tat, denn von diesen Vögeln bekommt man die Papageienkrankheit (sagte Eddie), wenn man sie zu sehr reizt. Das ist eine ungeprüfte Hypothese, aber sie klingt vernünftig; denn man weiß, daß Leute, die einen nicht ausstehen können, einem ins Gesicht niesen, wenn ihre Schleimhäute besonders geschwollen sind oder ihre Kehle Kokken aller Art beherbergt.

»Nicht, Itzikel«, sagte er sanft und nahm den Affen runter. Dann hing Itzik mit einem langen Arm von Eddies Schulter und aß die Banane hinter seinem Rükken. »Das seh ich gern«, sagte Herr Teitelbaum, als er in den Laden guckte. »Jedenfalls ab und zu.«

Eddie war dabei, die Arbeit eines langen Sommers

abzuschließen. Er konnte es aushalten, friedfertig und glücklich zu sein.

Freitagmorgen warteten Carl, Arnold und Shmul draußen. Sie hatten massenhaft Kaugummi und Lutschstangen, in welche Eddie persönlich investiert hatte. Sie waren verantwortlich für das Gleichgewicht unter den kleinen Kindern, die in Panik geraten konnten. Sie hatten auch Notizbücher, und bei diesen Berichten war vorgesehen, daß jeder Junge sich nur um ein Gebäude kümmern sollte.

Drinnen spielte Eddie einen Stakkatoton auf dem Knopf unter der Kaffeemaschine. Danach war es sehr einfach. Menschen strömten aus den drei Gebäuden. Mieter der oberen Stockwerke, die nicht betroffen waren, steckten ihre Köpfe aus den Fenstern wegen des Tumults. Die Regulierung war so fein, daß sie nur den leisesten Hauch abbekommen und angenommen hatten, es handle sich um den gewöhnlichen Morgengeruch, der aufsteigt von der rissigen Hinterseite des Fischmarkts drei Blocks östlich.

Eddie hatte sich bereit erklärt, das Laboratorium nicht zu verlassen, bevor die andern Jungen Bericht erstatteten. Er war verblüfft, als eine halbe Stunde vergangen war und sie nicht erschienen. Es gab nicht mal ein Buch zu lesen. Also beschäftigte er sich damit, seine hausgemachten Apparate abzuschalten, trichterte den Pulverrückstand in einen papiernen Umschlag, den er in seiner hintern Tasche aufbewahrte. Plötzlich machte er sich Sorgen um alle. Was konnte Itsy Bitsy Michailovitch geschehen, der draußen vor dem Laden seines Vaters saß, mit einem Jojo spielte und einen Ungesang vor sich hin sang den ganzen Tag? Er war tatsächlich ein verdammt hilfloser Idiot. Und Frau Spitz, die bestimmt aufhören würde, ihr Korsett anzuziehen, und ohnmächtig werden und sich vielleicht den Schädel einschlagen an einem Stück Rokokomahagoni? Und Herzversagen bei Leuten über vierzig? Und all die kleinen Susskind-Kinder? Sie waren so wild, so um alle Vernunft gebracht, daß sie in den Müllschlucker springen konnten.

Er schrubbte den Ausguß und versuchte, seine bedrükkenden Vorstellungen mit der Wurzel auszureißen, als die Tür aufging. Zwei Polizisten kamen herein und legten Hand an ihn. Eddie blickte auf und sah seinen Vater. Ihre Blicke begegneten sich und aus unumstößlichem Schmerz hielten sie einander stand. Es war in diesem Augenblick (sagte Shmul, später, nach diesem und andern Ereignissen), daß Eddie kopfüber in das schwarze Herz einer tiefen Depression fiel. Diese Verzweiflung nahm seine gesamte persönliche Aufmerksamkeit jahrelang in Anspruch.

Niemand konnte mehr richtig mit ihm in Kontakt kommen, um ihm die Neuigkeiten zu erzählen. Wußte er, daß er den Tod von seines Vaters gesamten Inventar verursacht hatte? Selbst die drei Schildkröten, verdammt noch mal, alles bis zur letzten Elritze, sogar die Würmer, die das Sonntagsessen für die Fische waren, hatten ausgezappelt. Die Vögel lagen tot am Boden ihrer sauberen Käfige.

Itzik Halbfunt lag in einem Koma, von dem er sich nicht mehr erholen sollte. Er lag in Eddies Bett auf Eddies neuer Matratze, zwischen Eddies Laken. »Laßt

ihn zu Hause sterben«, sagte Herr Teitelbaum, »nicht mit einem Haufen Pudel bei Speyer's.«
Er streichelte seine knochige Schulter, die voller Krätze und Pelz war, und weinte: »Halbfunt, Halbfunt, du warst mein kleiner Freund.«
Ganz gleich wie liebevoll ein Mensch oder ein Doktor an die Tür zu Eddies Seele klopfte, Eddie weigerte sich, »herein« zu sagen. Carl Clop rief laut, nahm einen Langstreckenvorortzug, der an jeder Station hielt, mehrmals, um Eddie zu sagen, daß in Wahrheit er es war, der gedacht hatte, es müßte ein wunderbarer Anblick sein, wie der alte Teitelbaum kreischend mit dem hysterischen Itzik herumrannte. Um des Vergnügens willen, das dieser Anblick bieten würde, hatte Carl die Gummischläuche mit einem kleinen Abzugsloch zwischen dem Keller von 1436 und der Rückwand der Tierhandlung verbunden. Er hatte an der Ecke gewartet, und tatsächlich, sie waren schließlich gekommen, Herr Teitelbaum rannte, und Itzik schnappte nach Luft. Clops Pech, sagte Clop, daß er einen Sohn hatte, den man nicht ernst nehmen konnte.
Eddie wurde eingewiesen unter die Aufsicht von Dr. Scott Tully, Direktor von Ein Heim für Knaben, nach etwas weniger als drei Wochen. Die Polizei beschlagnahmte Shmuls Notizbücher, erfuhr aber nur Literarisches über Gesichter und die sexuellen Gewohnheiten halbwüchsiger Jungen. Auch wurde ein Entwurf für einen Aufsatz gefunden, den Eddie für die antivivisektionistische Presse hatte schreiben wollen, in dem er seine Abenteuer als Testperson für Gastoleranzexperimente im Selbstversuch beschrieb. Er war betitelt: KEIN

VERSUCHSKANINCHEN HÄLT FÜR MICH DEN KOPF HIN. Das ist, wie jeder Außenstehende feststellen kann, eine geisteskranke Idee.

Eddie wurde in einem Heim für Knaben von einem weißbekittelten Wärter versorgt, der schielende Augen und die Muskelstarre hatte, mit starken Eckzähnen, die seine Unterlippe bedrängten, einer ordentlich gebrochenen und schlampig zusammengeflickten Nase. Das war Jim Sunn, und er war nett zu Eddie. »Weil er mir keine Schwierigkeiten macht, Herr Teitelbaum, er ist ein netter Junge. Wenn er seine Augen aufreißt, weiß ich, er will auf die Toilette gehen. Er ist nicht verrückt, Herr Teitelbaum, er hat bloß jetzt grade nichts zu sagen, das ist alles. Ich hab schon viel Fälle gesehen, machen Sie sich man keine Sorgen.«

Herr Teitelbaum hatte selbst nicht allzuviel zu sagen, und deshalb fühlte er sich mit Eddie verbunden. Er kam jeden Sonntag und saß schweigend mit ihm auf einer Bank im Garten hinter Ein Heim; bei schlechtem Wetter trafen sie sich im Besuchszimmer, einem flotten Rechteck, über das kleine bestickte Teppiche verstreut waren. Sie saßen einander eine Stunde in gemütlichen Stühlen gegenüber, friedliche Menschen, dann riß Eddie seine Augen auf, und Jim Sunn sagte: »O.k., gehen wir, Kumpel. Der König des Urwalds kann sich ein Nickerchen leisten. Bären halten Winterschlaf.« Herr Teitelbaum stand auf seinen Zehenspitzen und schloß Eddie in die Arme. »Kindchen, mach dir nicht so viel Sorgen«, sagte er, ging dann nach Hause.

Diese Situation waltete zwei Jahre lang vor. Eines kalten Wintertags hatte Herr Teitelbaum die Grippe und konnte nicht zu Besuch kommen. »Wo, zum Teufel, ist mein Vater?« knurrte Eddie.

Das war der Durchbruch. Danach sagte Eddie auch andere Sachen. Bevor die Woche zu Ende war, sagte Eddie: »Paprikas machen mich krank, Jim. Ich krieg Gas davon.«

Eine Woche später sagte er: »Was gibt's Neues? Long Island schon am Untergehn?«

Dr. Tully hatte nie mit Eddies Rückkehr gerechnet. (»Wenn sie erst einmal auf diesem Wege sind, sind sie hinüber«, hatte er den Zeitungsleuten anvertraut.) Er lud einen Facharzt aus einer konkurrierenden, aber freundschaftlich gesinnten Anstalt ein. Er war schließlich in der Lage, mit Eddie einen Rorschach zu machen, der sein Vertrauen in seinen ursprünglichen Pessimismus wiederherstellte.

»Laßt ihn mehr Verantwortung übernehmen«, schlug der Facharzt vor, was sie sofort taten, indem sie ihm wegen seiner Vorgeschichte einen Besuch im Zoo von Ein Heim für Knaben erlaubten. Er durfte ein Kaninchen streicheln und zwei Dosenschildkröten necken. Es gab ein Damkitz, eingesperrt und krank. Auch einen schaukelnden Affen, aber Eddie zuckte mit keiner Wimper. In der Nacht übergab er sich. Was ist los mit den Paprikas? Kann der Trottel nicht kochen? Bloß mit Paprika?

Dr. Tully erklärte, daß Eddie jetzt ein Helfer war. Sobald eine Stelle frei war, sollte er die alleinige Verantwortung für ein Tier bekommen. »Gott sei Dank«, sagte Herr Teitelbaum. »Ein stummes Tier ist ein guter Freund.«

Schließlich wurde ein Junge geheilt, nach Hause geschickt zu seiner Mutter; eine freie Stelle war da. Dr. Tully hielt das für eine günstige Stelle, denn der geheilte Junge war für die beliebteste Schlange im Zoo verantwortlich gewesen. Die Beliebtheit der Schlange hatte den Jungen sehr beliebt gemacht. Die Beliebtheit des Jungen hatte sein Selbstvertrauen gestärkt; er war Vize der Vollversammlung der Knaben geworden; er hatte Freunde und Sykophanten gewonnen, er war glücklich geworden, geheilt und wurde in die Gesellschaft zurückgeschickt.

Gleich am ersten Tag bewies Eddie, was für ein Kerl er war. Er reinigte den Käfig mit seiner rechten Hand, während er mit seiner linken die Schlange weit weg hielt. Er hatte sogleich viele Bewunderer.

»Wenn du nach Hause kommst, kann ich dann den Job kriegen?« fragte ein sehr liebenswürdiger kleiner Junge, der nur leicht zurückgeblieben war, aber so ein Vater war willens, ein Vermögen auszugeben, weil er sich schämte. »Ich geh nirgendwo hin, Kleiner«, sagte Eddie. »Mir gefällt es hier.«

An gewissen Nachmittagen, kurz nach Milch und Keksen, mußte Eddie seiner Schlange eine kleine weiße Maus bringen. Er setzte die Maus in den Käfig, und nun kommt, warum diese Schlange so beliebt war: die Schlange fraß die Maus nicht sofort. Um vier Uhr fingen die Jungen an, sich zu versammeln. Sie beobachteten die Maus, die in einer Ecke kauerte. Sie beobachteten, wie die träge Schlange darauf wartete, daß ihre Hungergefühle sie ihr gekräuseltes Inneres entlang kitzelten. Ab und zu setzte sie ihr Rückgrat in Bewe-

gung und hob den Kopf, und die Jungen atmeten schwer. Irgendwann zwischen vier Uhr dreißig und sechs fing sie dann an, ziellos durch den Käfig zu gleiten. Die Jungen wetteten kleine Summen um die Zeit, gewannen und verloren Portionen von Schokoladenkuchen oder eine Handvoll Rosinen. Plötzlich, aber ohne Aufhebens (und man mußte wirklich genau aufpassen), streckte die Schlange ihren langen Körper, öffnete ihr großes Maul und verschluckte die kleine lebende Maus, die immer quiekend verschwand.
Eddie konnte nichts dagegen einwenden, weil das wirklich die Natur der Schlange war. Aber er zog sich die Mütze über die Augen und wandte sich ab.
Jimmy Sunn erzählte ihm eines Abends beim Essen: »Rat mal, was ich gehört hab. Ich hab gehört, du gewinnst langsam deine Identität zurück. Nicht übel.«
»Meine Identität?« fragte Eddie.
Eine Woche später gab Eddie ein Rücktrittsgesuch ab. Er schickte seinem Vater eine Kopie. In dem Brief stand: »Vielen Dank, Dr. Tully. Ich weiß, wer ich bin. Ich bin kein Mäusemörder. Ich bin Eddie Teitelbaum, der VATER DER STINKBOMBE, und ich bin bekannt für meine HINGABE AN DIE URSACHE und meine FURCHTLOSIGKEIT ANGESICHTS DER WIRKUNG. Belästigen Sie mich nicht mehr. Ich habe nichts zu sagen. Ihr ergebener.«
Dr. Tully schrieb einen Bericht, in dem er mit Stolz auf seinen durchgängigen Pessimismus im Falle Eddie Teitelbaum verwies. Das wurde für bemerkenswert gehalten, angesichts von so viel Hoffnung, und man erinnerte sich daran unter seinesgleichen.

Während Eddie den Entschluß faßte, so bald wie möglich um den Verstand zu kommen, wurden anderswo andere Entschlüsse gefaßt. Herr Teitelbaum zum Beispiel entschloß sich, aus Kummer und Alter – was sich häufig überschneidet – zu sterben, und das war der endgültige Entschluß für alle Teitelbaums. Shmul setzte sich hin, um nachzudenken, und wurde von seinem Vater verleugnet.

Arnold lief weg zur neunundzwanzigsten Straße Ost, wo er unter beträchtlichen Anstrengungen und Ausgaben ein hübsches Bordell aus Öl-Aktbildern aufbaute.

Aber Carl, der Sohn von Clop, hatte in Eddies Sinn Blut geleckt. Er ging auf die Schule und blieb dort jahrelang, um Atomphysiker zu werden für die Marine. Heutzutage, im 8.07-Zug, segelt Carl hinaus in die süchtigen Strömungen unserer Zeit, bekämpft den Sog mit kleinen Biep-Biep-Zeichen. Er hat sich sein heiteres Naturell bewahrt und für seinen Dienst an der Welt gerade eine Frau bekommen, die bei den Rockettes wegen zu großer Schönheit abgebaut worden war.

Der Kriegsdämpfer wurde verdünnt unter Druck auf Flaschen gezogen. Manchmal wird er Teitelbaumsche Mischung genannt, und seine Ingredienzien sind auf dem Etikett ins Spanische übersetzt. Er ist einer der größten Insektenvertilger aller Zeiten. Unglücklicherweise vertragen ihn manchmal Philodendren und alte Familiengummibäume schlecht.

Frau Goredinsky läßt ihre Küche immer noch vorzugsweise vom Trenner schützen. Eine altmodische Dame, als ungegliederte Masse fällt sie auf die Knie, um den Fußboden zu scheuern. Sie kann nichts dafür, wenn sie sieht, wie der Kakerlak gefangen und vom emsigen Wechselstrom in seinem eigenen Saft geschmort wird. Sie schnipst den Kakerlak von der Wand. Sie lächelt und preist Eddie.

Die schwebende Wahrheit

An dem Tag, als ich anklopfte, waren alle Lamellen flach. »Wo bist du, Lionel?« rief ich. »Im Dingsbums?«

»Um Himmels willen, sei still«, sagte er und machte die hintere Tür auf. »Ich bin die Kehrseite der Münze.«

Ich erwischte ihn mit meinem Zeigefinger. »Du klingst nicht richtig, Charley. Du bist gefälscht.«

»Komm rein und mach's dir bequem«, sagte er. »Behalt deinen Hut auf, die Garderobe ist kaputt.«

Ich war schon früher zu Besuch dagewesen. Die Sitze waren abwaschbares kariertes Plastik – leicht zu pflegen –, und zu Füßen war der übliche Von-Tür-zu-Tür-Flausch. In eleganter Unordnung hoben und senkten sich Philodendren auf der hinteren Fensterbank.

»Wie in aller Welt kannst du sehen beim Fahren, Marlon?«

»Naja, Schätzchen, ich fahre ihn nicht viel«, sagte er. »Er ist nicht sicher.«

Er bot mir einen Apfel aus dem Handschuhfach an.

»Die Zahnbürste der Natur«, sagte ich verträumt. »Wie ist es dir ergangen, Eddie?«

Er seufzte. »Die Aussichten waren nie besser.«

Er sprang zur vorderen Tür raus und kroch hinten rein. Er war kein Streber, der über Sitze kletterte. »Ehrlich, ich hätte dich heute abend angerufen«, sagte er. Er stellte die Jalousetten horizontal, und von Osten blendete der Morgen in unsere blassen Gesichter. Er nahm Papier und Bleistift aus einem kleinen Mahagoniaktenschrank, der hinten in die Vordersitze eingebaut war. »Wir wollen gleich zum Kern der Sache kommen«, sagte er. »Was willst du tun?«

»Was soll man tun wollen?«

»Laß mich die Fragen stellen«, sagte er. »Was willst *du* tun?«

»Oh ... irgendwas Sinnvolles«, sagte ich. »Naja, einen Beitrag leisten ... wenn du weißt, was ich meine ... irgendwie helfen ... Gutes tun.«

»Bitte!« sagte er bitter. »Verschwende meine Zeit nicht. Jeder Mistkerl will Gutes tun.«

»Ist das aber schön«, sagte ich. »Was für ein wunderbarer sozialer Trend. In diesen schrecklichen Zeiten ist das eine fabelhafte Nachricht.«

»Eine fabelhafte Nachricht ...« piepste er mit einer hohen Mädchenstimme. »Sei nicht blöde. Die Zeiten sind immer schrecklich. Du hättest während des hundertjährigen Kriegs in einem kleinen Bauerndorf leben sollen. Jedenfalls, du weißt doch, daß du mich stundenweise bezahlst? Fangen wir an. Was kannst du *tun*?«

Ich war überrascht zu hören, daß ich ihn stundenweise bezahlte. Trotzdem, soweit ich weiß und dem Anschein zum Trotz, vielleicht sind diese Zeiten gar nicht schrecklich.

»Ich kann Maschine schreiben. Ich bin drei Monate zur Handelsschule gegangen, und ich kann Maschine schreiben.«

»Mach dir keine Sorgen«, sagte er. »Ich hab Stellen für Jungfrauen. Ich könnte zur Not einen Kinderarzt in der Altersklinik unterbringen.«

»Wenn du so großartig bist, du Held, wie kommt's, daß du nicht mal ein Zuhause hast?«
»Ich hab mich selbst grade erst gefunden«, sagte er und wandte sich nach innen. An der Außenseite war er ein Spiegelbild eines Gesichts mit einem toten Zentrum. Seine Augen waren blau. Die Pupillen waren dunkel und unbeweglich. Er sah nie etwas aus dem Augenwinkel, sondern schwenkte seinen ganzen Kopf herum, um es anzustarren. Sein Haar war blond, dunkelte nach in furchtbarer Eile, bevor das Grau allgemein werden konnte. All seine Geschlechtsmerkmale waren sekundär, was ihn nicht daran hinderte, mich nach unserm ersten Arbeitstag zu bitten: »Drück mich ein bißchen, Schätzchen?« Es machte mir nichts aus, und ich machte es, drehte ihn zart an. Mir schien, daß er das ziemlich gern mochte. Ich gelte nicht als wild, aber ich bin nett. Ich kratzte ein Butterbrot aus meinen Arbeitshosen und bot ihm die Hälfte an. »*Benzin* ist was ich brauche«, sagte er mürrisch. »Ich wollte eben einen Mann anrufen, der mich zu einer geschäftlichen Besprechung ins La Vie eingeladen hat.«
Da klingelte gerade das Telefon. Er stürzte sich über den Vordersitz darauf. »Was für ein glücklicher Zufall, Edsel«, frohlockte er. »Du hast mich grade erwischt, wie ich eine Parkuhr ansteuere. Warte einen Moment, bis ich mich freigemacht habe.« Er machte stöhnende Geräusche, als ob er sich wegen Tonnage groß anstrengen müßte, dann nahm er die Unterhaltung wieder auf. »Ja? Heute abend? Ich bin nicht sicher, ob ich es schaffe ... Ich muß den ganzen Tag unterwegs sein ...«

Ich schwenkte eine Dollarnote über den Windschutzscheibenspiegel. »Ah ... sagen wir Viertel vor zehn, damit ich Zeit zum Essen habe ... Nein, das ist nicht nötig ... Nein ... Naja, wenn du drauf bestehst, aber erlaube wenigstens, daß ich dich abhole. Ich komme acht Uhr dreißig vorbei ... Großartig ... Das wird fabelhaft, wieder mal mit dir zu sprechen. *Arrivederci.*«

»Hier«, sagte ich, »ist ein Dollar. Petroleum.«

»Ich weiß es zu schätzen«, sagte er.

Der Edsel, den er um acht Uhr dreißig traf, hupend vor einem Pförtner mit Baldachin, war Jonathan Stubblefield, aber versuchen Sie nicht, ihn zu erreichen, er steht nicht im Telefonbuch. Seine Augen waren bleich wie der Mond. Sie fuhren nach hüben und drüben, Whisky im Taschenfläschchen, wasserlos und sodalos, eislos und abgetaut, fingen einer dem andern die Konsonanten ab. Mangel an Kommunikation gab ihnen das Aussehen eines Liebespaars.

»Hast du einen Freund?« fragte Jonathan Stubblefield.

»Ja, ein Mädchen«, sagte mein Kumpel, der sich immer schwer dahinterklemmte. Jonathan Stubblefield verstand es falsch. »Hotcha!« antwortete er. »Ich habe selbst einen Freund, aber die verdammte Familie – was hältst du von der Familie?« fragte er und versuchte, Sinn in sein ganzes Leben zu bringen.

»The Family of Man? Oh, da glaub ich dran. Aber sieh mal, Edsel ... dies Mädchen, von dem ich spreche, ist kein Sexualpartner. Sie ist eine Geschäftsverbindung. Lebhaft, wach, jung, charmant, klug, begeisterungsfähig. Was kannst du mit ihr anfangen?«

»Oh, Junge«, sagte Jonathan Stubblefield verblüfft. »Das unterste zu oberst, querfeldein, kann sie sich aussuchen. Ganz wie sie will.«
»Du verstehst mich immer noch falsch. Mit ihren geschäftlichen Angelegenheiten bin ich befaßt.«
»Oh«, sagte Jonathan Stubblefield. »Oh«, sagte er, »in dem Fall schick mir ein Resümee« und wurde ohnmächtig.
»Aber du hast ihm gar nichts über mich erzählt«, beschwerte ich mich am folgenden Nachmittag.
»Warum sollte ich? Er hat mir auch nichts über sich erzählt. Glaubst du, daß sein richtiger Name Stubblefield ist? Was ist los mit dir? Leg dich nicht auf den Präsentierteller. Was bist du – eine Bratente, durch und durch zerlegbar mit ein paar lausigen Bestecken? Sei geheim. Dreh dich auf deine Seite. Laß sie raten, ob du gefüllt bist. So bin ich geworden, was ich heute bin.« Seine Ideen hingen vollkommen falsch zusammen; in mir stieg die Erinnerung an mich selbst auf – ein bloßer Grünschnabel von einem Mädchen –, den Tag, an dem ich erfuhr, daß die kürzeste Entfernung zwischen zwei Punkten ein großer Kreis ist.
»Jedenfalls solltest du in kürzeren Sätzen denken«, schlug er vor, obwohl ich kein Wort gesagt hatte. Er, der alte Richard Leberkopf, durchschaute alles bis in den Kern der Sache, meine Syntax.
»Ja, nun geh einfach ein paar Tage irgendwo hin. Nach Hause vielleicht. Warum nicht nach Hause? Geh ins Kino. Es ist mir scheißegal, wo du hingehst. Ich werde das Resümee fertig haben. Ich hab Edsel im Fadenkreuz. Er ist wild auf eine Angestellte.«

»Ich will tun, was du sagst.« Irgendwie mußte ich anfangen. Ich war sechs Wochen aus der Schule und fühlte mich allmählich schon fast unverwendbar.

Ich drückte mich aus seinem Wagen. Ein Bulle kam an die Tür und blinzelte gebieterisch. »Hör mal zu, Mondgesicht, ich hab dir Dienstag schon gesagt, du sollst mit diesem Leichenwagen auf den Mumienschanz gehen.« Er war einer von diesen Oberschulbullen, war dabei wegen der Pension. Hauptsache Sicherheit. Wie sonst in die Zukunft schauen?

»Hab kein Benzin mehr«, flüsterte mein Spezi mild wie Suppe.

»Hier ist ein Dollar«, antwortete ich. »Mehr Petroleum.«

Es regnete drei Tage lang. Am vierten Morgen bekam ich ein Telegramm. TELEFON AUSSER BETRIEB. TREFFPUNKT WIE GEWÖHNLICH. MIT EDSEL. WIE FLYNN BISTE DRIN.

Mittags fand ich sie, wie sie neue weiße Reifen bewunderten. (Das sind die guten Zeiten.) Ich war ganz groß angezogen, und sie waren ganz groß angezogen. Jonathan Stubblefield beobachtete mich. Seine Augen *waren* bleich wie der Mond. Er blinzelte, und eine Träne rollte seine weiche Wange hinunter. »Ich habe einen verstopften Tränengang«, erklärte er.

»Laßt uns in die Cafeteria Vilamar gehen, wo wir reden können.« Er fügte stolz hinzu: »Ich lad euch ein.« Wir gingen sofort los, Gänsemarsch, Stubblefield voraus. In der Cafeteria setzten wir uns achtungsvoll um einen rotierenden Altar von Gewürzen und begannen mit gemeinschaftlicher Ehrerbietung.

»Du wirkst so jung«, sagte Jonathan Stubblefield. »Ich kann nicht wirklich glauben, daß Zeit vergangen ist. Sieh mich genau an. Ein Mann von einunddreißig. In meinem Kopf eine photokopierte Darstellung von Pearl Harbor. Ich kann es noch so deutlich sehen ... der Schnee tüpfelte gerade die Felsen –«

»Schnee?«

»Schnee. Die absolute Stille und dann dies wilde Brummen und dann der Lärm. Und dann stürzte die ganze Welt in die Katastrophe.«

»O je!«

»Du warst zu jung. Aber ich erinnere mich – Genf, Jalta, die Konferenz von San Franzisko, der vielbespöttelte Acheson; jene Tage waren die Hoffnung der Welt. Ich weiß es noch, als wäre es gestern gewesen.«

»Wirklich?«

»Was für Erinnerungen könnt ihr jungen Leute von heute haben? Ihr seid bekannt für eure Kleider und Rauschgift. Ihr habt keinen Sinn für Geschichte; ihr habt keinen Sinn für's Tragische. Was ist Elsaß-Lothringen? Kannst du mir das sagen, meine Liebe? Welchem Problem steht es gegenüber, selbst heute noch? Du weißt es nicht. Nicht unschuldig, aber unwissend.«

»Du hast recht«, sagte ich.

»Natürlich«, sagte er. »Das kannst du nicht leugnen. Die Wahrheit findet ihre eigene Höhe und schwebt.«

»Kaffee?« fragte Roderick, der Zwischenhändler.

»Ich nicht«, sagte Edsel. »Bratapfel für mich. Und Lachssalat. Vielleicht Jello. Ich halte Diät.« Er tät-

schelte sein Bäuchlein. »Jetzt erzähl mir was über dich. Ich möchte dich genauer kennenlernen.«
Ich warf meinen Pferdeschwanz zurück, der von natürlichen Ölen glänzte, und sagte: »Was soll ich sagen?«
»Du kannst mir über dich selbst erzählen. Wer bist du, wo du herkommst, was deine Interessen sind, deine Hobbys. Wer ist zum Beispiel dein Lieblingsfreund?«
Ich erzählte ihm, wer ich war, wo ich herkam, was meine Interessen und meine Hobbys waren. »Aber ich warte immer noch darauf, daß Herr Richtig aus dem Westen kommt.«
»Du und ich, wir haben viel gemeinsam«, sagte er traurig. »Ich warte auch immer noch auf Herrn Richtig. Das ist natürlich ins unreine gesprochen. Ich meine Fräulein Richtig.
Weißt du, du kannst dich gut anziehen. Du siehst aus wie eine Rose. Ja, eine Rose ist genau angebracht.« Er berührte sanft den Teil des Dekolletés, der meinem Kinn am fernsten war.
Er sah auf seine Uhr, bei der irgendwo in ihrem Umfang ein Barometer reingetüftelt war. »Der Luftdruck steigt; ich muß los. Sag unserm Freund ›Entschuldigung‹ von mir. Sag ihm, du bist eingestellt, das Resümee vorausgesetzt. Ich muß dies Resümee haben. Ich mache keine Geschäfte ohne Belege.«
Er stand auf und beförderte seinen starren Blick langsam von der Damentoilette zur Warmhaltetheke, der Schnellgerichtetafel, den gewaltigen Kaffeemaschinen und schließlich zu den großen Türen, die dort ruhten, wo ihre Gummistopper sie angesiedelt hatten.
»Ich bin Gebieter über alles, was ich überblicke«, mur-

melte er. Er lächelte gütig auf mein strahlendes Gesicht, drehte sich dann auf dem Absatz herum, was klang, als ob sich die alte Ordnung umkehrte, und verschwand in der Götterdämmerung der Drehtüren.
»Ach, Everett, was für ein interessanter Mann!« sagte ich. Wir teilten den Lachssalat, Jello erinnert mich an dicke Milch.
»Na, wie findest du ihn? Nicht schlecht. Er ist die Welle der Zukunft. Ein Mann, der freie Zeit zu nützen weiß. Hier ist das Resümee.« Er war sehr geschäftsmäßig und fuhr, während er Butter auf ein hartes Mohnbrötchen strich, fort, mir zu meinem eigenen Besten Befehle zu geben. »Schreib es mit der Maschine. Mach deine Sache gut ... allerdings muß es hausgetippt aussehen; einzig in seiner Art. Vielleicht solltest du einen Fehler machen. Wenn er denkt, du hast die Stadt damit überschwemmt, bist du erledigt ... Sieh es mal durch. Es ist ein Tagewerk, und ich bin ein bißchen stolz darauf.«
Ich blätterte und las. »Sag mal, das sind drei Seiten, großes Aktenformat. Weißt du, daß es drei Seiten sind?«
»Aha!« sagte er mit Stolz.
»Ach, bitte, es ist lächerlich. Was soll ich machen, wenn er jemand von diesen Leuten anruft?«
»Nein, nein, nein. Er *will* dich einstellen. Er ist verrückt nach dir; er will dein Freund sein. Wenn er all diese Wörter sieht, wird er glücklich sein und sich frei fühlen. Möglicherweise liest er sie nicht einmal.«
Ich sah es noch mal durch. Dies sind nur ein paar von den Stellen, mit denen er meine Vergangenheit tapeziert hatte. Die erste, in der Werbung:

DAS GRÜNE HAUS: in acht aufregenden Monaten machte ich den Namen DAS GRÜNE HAUS in der Öffentlichkeit bekannt, auf sieben Arten – alle preiswert: Zweifarbenplakate wurden verteilt. Kein Beleg beigefügt. Ein grünes Haus vor einem eierschalenweißen Hintergrund. Zweifarbenstreichholzheftchen – kein Beleg. Zweifarbenvisitenkarten für alle Mitarbeiter. DAS GRÜNE HAUS selbst wurde schließlich grün angestrichen. Hier und da über die ganze Stadt, wo die Leute es am wenigsten erwarteten (Parkbänke, Laternenpfähle usw.) wurde in grüner Farbe die Frage gestellt: Was ist grün? Ein unendlich kleiner Druck unten rechts die Antwort: DAS GRÜNE HAUS ist grün.

»Was, zum Teufel, ist DAS GRÜNE HAUS?«

»Ich weiß es nicht«, kicherte er.

Hier ist eine andere; diesmal unter der Überschrift Public Relations:

Die Philadelphia: Eine Vereinigung von Akademikern, die in der Jurisprudenz und verwandten Gebieten arbeiteten, stellte mich an, um das Recht und seine Möglichkeiten überall an die Frauen heranzutragen. Ich reiste durchs ganze Land, fünf Monate lang mit dem Bus, Kombiwagen, Zug und auch auf dem Luftwege unter dem Namen Gladys Hand. Innerhalb von neun Monaten gab es 11 Prozent mehr Benutzer der juristischen Dienste. Die durchschnittliche Gebühr hatte die des Vorjahrs um 7,20 Dollar überrundet. Überfüllte Terminkalender bei den Gerichten machte eine Änderung der Statuten in sieben Staaten erforderlich. *Die Philadelphia* schrieb diese Verbesserungen meiner Arbeit in ihrem Dienste zu.

Und weiter:
DAS KÜCHENINSTITUT: Mit Hilfe des Organs des Kücheninstituts, »Der Kessel ruft«, riefen wir einen leistungsintensiven Plan ins Leben, um die Frau in die Küche zurückzubringen. »Die Küche, die Sie verlassen, ist vielleicht Ihr Heim«, war einer der vielen verwendeten Slogans. Über Radio und Fernsehen ebenso wie mit Anzeigen in Publikationen für Männer und auf den Männerseiten in Zeitungen (Sport, Finanzen usw.) wurden die Männer aufgefordert, jeden Abend, wenn sie zur Tür hereinkamen, ihre Frau zu fragen: »Was gibt's?« Auf diese Weise wurde das Prestige der Frauen in der Küche überall gesteigert und der Bedarf und die Nachfrage nach Küchen beschleunigt.

Ganz am Ende, als ob es nicht die geringste Bedeutung hätte, hatte er getippt: »Weiteres« und dann aufgeführt: Ledig, dreiundzwanzig, Abschlußprüfung im Green Valley College für Mädchen. Zusätzliche Kurse, Sorbonne, in Kurzgeschichtenschreiben und öffentlicher Rede. Veranstaltungsleiterin des Schülerrings in der Oberschule.

»Ach du liebe Zeit«, sagte ich. »Das letzte hier ist ziemlich albern.«

»Es mag dir albern vorkommen, aber wenn er es überhaupt liest, wird er die letzte Zeile lesen, und das wird ihm gefallen. ›Ein Mädchen, das leichtsinnig genug ist, in der Oberschule Veranstaltungsleiterin zu werden, ist noch für alles zu gebrauchen‹, so sehe ich die Sache.«

»Aber hör mal«, sagte ich ihm zwei Tage später. »Ich bin nicht dreiundzwanzig.«

»Das kommt noch, das kommt noch«, versicherte er mir.
An diesem Nachmittag half ich ihm, die Philodendren zu gießen. Ich war ein bißchen aufgeregt darüber, daß ich an der Schwelle zu meiner Zukunft stand, und etwas Wasser tropfte den Rücksitz runter und füllte die Spalten der Polster.
»Mein Gott, manchmal kannst du einen wild machen«, sagte er und riß mir die Gießkanne aus der Hand. »Kannst du nicht aufpassen, was du tust?« Armer Dick, er war ein aufgescheucht zwitschernder Schwarm von Wutausbrüchen. »Du bist so verdammt blöde«, kreischte er. Er goß den Bodensatz in einen offenen Aschenbecher und besprengte die Fenster. »Hol doch irgendwas, hol doch irgendwas«, schrie er. Ich lief zum Laden runter und kaufte eine alte Sonntags-*Times*, um das Ganze aufwischen zu helfen. Ich erkannte, daß er nur versuchte, gegen große Widerstände ein gemütliches Heim zu schaffen. Als ich zurückkam, war er am Telephon: »Hier kannst du nicht herkommen. Hier sieht's unglaublich aus! Ich hol dich ab. Ich möchte die Sache abschließen. Das hängt schon zu lange in der Luft ... ich sagte 10 Prozent ... 10 Prozent will ich haben. Das ist nicht übermäßig.«
»Was für eine Sache?« fragte ich.
»Große Sache«, antwortete er sotto voce. »O.k.«
Das Telephon klingelte wieder. »Edsel!« strahlte er. »Lange nicht gesehen. Und lange nichts gehört ... Natürlich«, sagte er. »Ha-ha. ›Kann sie Steno?‹ Schätzchen, er will wissen, ob du Steno kannst! Ha-ha, Edsel, sie ist schnell wie der Teufel!«

»Ich kann's nicht«, flüsterte ich.

Er drehte seinen Rumpf, um mich zu erreichen, und trat mir dann gegen das Schienbein.

Er hängte auf. »O.k.«, sagte er. »Geh schon rüber. Du hast ihn. Viel Glück. Du kriegst meine Rechnung mit der Morgenpost.«

Naja, so kam ich zu meinem ersten Job. Ich trat in die Geschäftswelt ein, mit wachen Sinnen. Ich beobachtete schweigend und hörte gierig zu. Jeweils um neun Uhr morgens in der Fünftagewoche öffnete ich die schwere Eichentür, auf der ein Schild in Kapitälchen STUBBLEFIELD besagte. Ich hatte meine Bleistifte gespitzt. Ich las die Morgenzeitungen am Morgen und die Abendzeitungen am Nachmittag, für den Fall, daß irgendwelche Fragen über aktuelle Ereignisse auftauchen sollten.

Es war wahr, er war wild darauf gewesen, eine Angestellte zu haben und wirkte glücklich. Oft rief ihn seine Mutter an, er sollte bitte nach Hause kommen zum Mittagessen oder Cocktail. Gelegentlich rief sein Vater an, hinterließ aber keinen Namen. In schicklichen Abständen wurde mir aufgetragen zu sagen, daß er die Stadt in Geschäften verlassen hatte. Er betraute mich mit dem Schlüssel, und wenn er für zwei oder drei Tage fort war, machte ich alles allein.

Ich hatte vorgehabt, den Job mindestens ein Jahr zu behalten, um die Arbeit im Büro zu lernen und Ausdauer.

Aber eines Montags ungefähr um 10 Uhr morgens ging die Tür auf, eine Kamelhaarblondine erschien, ganz in Kaschmir gewebt. »Ich bin gerade von Herrn

Stubblefield eingestellt worden«, sagte sie, »über Western Union.« Sie haute mir ein gelbes Blatt A 5 unter die Nase. »Ich habe ihn in Bronxville bei der letzten Abschlußfeier kennengelernt.« Sie sah sich um. Es gab blaßlila Wände und armeebraune Aktenschränke. »Ich schwärme einfach für ein Zweimädchenbüro«, sagte sie in der Hoffnung, mit mir Freundschaft zu schließen. »Wie ist er? Gibt's Lohnfortzahlung bei Kündigung?«

Ihr folgten ein Schreibtisch und ein Junge aus Long Island von der Bell Telephon-Gesellschaft. Ich sagte nichts zu niemandem, legte aber meine *Time* ab und schlug meine *New York Herald Tribune* auf. Ich spitzte meinen Bleistift von neuem und fuhr fort zu unterstreichen, was unterstrichen werden mußte.

»Viel Papierkrieg?« fragte Serena, eine kühle Neuausgabe meines früheren Ich. Ich hatte nichts zu sagen. Jonathan Stubblefield steckte seinen Riecher aus dem inneren Büro. »Lernt euch ein bißchen kennen, Kinder. Ihr seid genau gleich alt.«

Diese Information warf mich aus dem Gleichgewicht.

»Du weißt nicht, wie alt ich bin«, sagte ich. »Überhaupt, wofür brauchst du sie? Ich mache meine Arbeit. Ich mache meine Arbeit so gut, wie du es verlangst. Das hier ist ein Schlag in mein Gesicht, mit Absicht. Das ist es.«

»Wir befinden uns mitten in einer expandierenden Wirtschaft, Herrgottnochmal!« sagte Jonathan Stubblefield. »Sei nicht sentimental. Außerdem dachte ich, wir könnten ein paar Leute mit höherer Schulbildung brauchen.«

»Aber es ist nicht so viel Arbeit da, daß sie für alle reicht«, sagte ich tapfer. »Es gibt nichts zu tun.«

»Es ist meine Gesellschaft, oder?« sagte er angriffslustig. »Wenn ich will, kann ich vierzig Leute einstellen zum Nichtstun. NICHTS.«

Ich sah Jonathan Stubblefield an, einen Mann in Tränen – aber nur wegen seiner Tränengänge –, dennoch ein Mann, der die Wahrheit auf seiner Seite hatte.

»Es ist Platz genug für alle«, sagte er. Aber er wollte es sich nicht mehr überlegen. Wahrscheinlich hat er mich sowieso überhaupt nie wirklich gemocht.

Da ich das Telephon nie für private Gespräche benutzt hatte, mußte ich bis fünf warten, um meinen Berufsberater von einer Telephonzelle aus anzurufen.

»Komm man rüber, Schätzchen«, sagte er und gab mir seine Länge und Breite an. »Ich weiß nicht, worüber du reden willst. Du schuldest mir jetzt schon fünfzehn Dollar.«

Wegen des Verkehrs in den Querstraßen war es beinahe dunkel, als ich bei ihm ankam. Ich hatte ein halbrohes Roastbeefsandwich mit Kohlsalat eingekauft und ein Geschenkpaket draus gemacht mit zwei grünen Gummibändern. Aber er lachte mir ins Gesicht. »Ich esse nur noch auswärts heutzutage; ich kann es nicht ausstehen, mit Getränken und Geschirr zu hantieren. Wir gaben das Sandwich einem vorübergehenden Kind, das sofort die Aluminiumfolie abriß und das Brot in die Gosse warf. Sie faltete die Folie ordentlich zusammen und steckte sie in die Tasche.

Surly Sam drehte die Wagenheizung an und dämpfte

das Licht. »O je«, sagte ich, »hübsch ist es hier jetzt. Was ist das – Krokusse?«

»Ja«, sagte er, »Krokusse. Es ist mein besonderer Ehrgeiz, sie im Herbst zu züchten.«

»Hübsch!« wiederholte ich.

»Naja«, sagte er, »was hast du auf dem Herzen? Wie geht's mit der Stelle?«

»Welche Stelle? Das nennst du eine Stelle?«

»Du bist vielleicht ne Type!« sagte er und legte alles mir zur Last. »Was für eine Arbeit hast du erwartet – Poliospritzen machen?«

»Was ist dabei? Das ist noch längst nicht das schlimmste auf der Welt.«

Er verwirrte all meine Hoffnungen mit einem einzigen Blick aus seinen Glotzaugen. »Und was würdest du danach machen? Ich will dir mal was sagen. Ich hab dich zu Edsel geschickt ... Ich habe drei Tage an diesem Resümee für ihn gearbeitet, weil ich glaube, daß Edsel in der Welt herumkommt, und jedermann an Bord kommt mit ihm. Glaub mir, was du jetzt machst, stellt eine der besten Erfahrungen dar, die ein junger Mensch nur machen kann, wenn er die Segel für das Morgen setzt.

Ach ja«, fuhr er philosophisch fort und drehte sich ein wenig, um zu sehen, wie aufnahmefähig ich aussah: »Ach ja – du könntest mehr tun. Also wenn du es wirklich ernst meintest, könntest du deine Schuhe ausziehen und an einer Straßenecke stehen mit einem Schild: ›Er starb für mich‹.« Er hielt inne. Ich machte keine Bemerkung, weil ich auf diesen besonderen Hinweis wartete, der mir sagen würde, auf welchem Wege

ich war, falls es diesen Hinweis gab. »Oder aber«, schlug er vor und leuchtete auf, »verlaß die Wohnungen der Menschen – wie ich.«
Mein Herz stockte vor Schreck.
Er merkte, daß er weit genug gegangen war, und wir lehnten uns zurück in dem rosigen Dekor und rauchten dahin über ein kunstloses Schweigen nach dem andern. Schließlich schnitt er eine Grimasse aus seinem gewöhnlichen Gesicht, hob eine Braue und drehte sich. »Ach, was soll das alles, Schätzchen?«
»Wie wahr«, sagte ich. Ich schuldete ihm etwas, und als die Zeit kam, bezahlte ich ihm etwas. Darüber hinaus war es Sabbat. »Es ist Morgen, Morton«, sagte ich. »Gute Nacht!«
Er geleitete mich zum Hinterteil des Wagens.
»Ich bin nicht verrückt«, sagte ich. Wir gaben uns die Hand, und ich ging meines Weges.
Ich war auf den Weg zur Zukunft geführt, aber es ist schwer für mich, mich von einer Erfahrung zu trennen. Bevor ich den Eingang zur Untergrundbahn erreichte, drehte ich mich für einen letzten Blick um. Er stand vor dem Wagen und blickte flüchtig die Straße auf und ab. Es war keine Seele in Sicht. Nicht einmal ich.
Dann pißte er. Er pißte nicht wie ein Junge, der über einen Kontinent reichen möchte, sondern wie ein Mann – in eine Pfütze.
»Gute Nacht!« rief ich in der Hoffnung, ihn aufzuschrecken. Er hörte mich gar nicht, sondern starrte den staubigen Abfall an, den er aus den Gossen getrieben hatte durch schräge Tunnels, die ins Meer führten. Er zog seinen Gürtel fest und machte seine

Schultern krumm gegen das Wetter. Da er die Wohnungen der Menschen verlassen hatte, versteht man, daß er ein besonderes Problem hatte. Wenn seine Lage gerade günstig war, besuchte er den Stadtpark. Zu andern Zeiten mußte er dunkle Einbahnstraßen benutzen, um bei der Aufrechterhaltung des Wasserspiegels dieser luftkranken Erde mitzuwirken.

Ich sammelte fünfzehn Cents aus verschiedenen Taschen und ging los, die Untergrundbahnstufen hinunter, als ich ihn rufen hörte. In aller Bescheidenheit, ich glaube, er rief mich ... »He, Schönheit!« beteuerte er. »Du bist selber ganz verdammt für den Tag gemacht.«

Grace Paley
im Suhrkamp Verlag

Veränderungen in letzter Minute. Erzählungen. Aus dem Amerikanischen von Marianne Frisch, Hanna Muschg und Jörg Laederach. 1985. Etwa 260 Seiten. *edition suhrkamp* Band 1208

suhrkamp taschenbücher

st 778 Max Schur
Sigmund Freud
Leben und Sterben
Deutsch von Gert Müller
720 Seiten
»Bis in Einzelheiten ist es Schur gelungen, die Wechselbeziehungen zwischen Freuds Krankengeschichte, seinem Herzleiden, seiner Nikotinsucht, seiner Reisephobie und seinem Denken aufzuzeigen. Immer ist die Auseinandersetzung mit den Krankheiten anderer auch ein Versuch, der eigenen Schwächen und Leiden, der selbsterlebten Ängste und Zwänge Herr zu werden.«
Gert Ueding, Hess. Rundfunk

st 779 H. P. Lovecraft
In der Gruft
und andere makabre Geschichten
Deutsch von Michael Walter
Phantastische Bibliothek Band 71
218 Seiten
Dieser Band enthält alle jene Erzählungen Lcvecrafts, die in seinen früheren Sammelbänden in den *suhrkamp taschenbüchern* nicht enthalten sind, darunter zwei Jugenderzählungen und zwei Geschichten, die er zusammen mit anderen Verfassern schrieb.

st 780 Arkadi und Boris Strugatzki
Montag beginnt am Samstag
Utopisch-phantastischer Roman
Aus dem Russischen von Hermann Buchner
Phantastische Bibliothek Band 72
288 Seiten
Zeitlich und örtlich unbestimmt, irgendwo im weiten russischen Hinterland, haben die Brüder Strugatzki ihr märchenhaftes Nitschawo angesiedelt. Unter Leitung des Direktors beschäftigt sich dort eine Reihe gelehrter Köpfe, skurrile Gestalten allesamt, mit den absonderlichsten Problemen.

st 781 Mein Goethe
156 Seiten
Sechs Autoren – Günter Kunert, Siegfried Lenz, Peter Rühmkorf, Wolfdietrich Schnurre, Martin Walser und Gabriele Wohmann – sind der Einladung der Schulfunkredaktionen der Hörfunkanstalten gefolgt und haben sich zum Thema »Mein Goethe« geäußert.

st 782 Die besten Bücher
der »Bestenliste« des SWF-Literaturmagazins
Herausgegeben von Jürgen Lodemann
158 Seiten
Schon 1916 stellte Robert Walsers *Spaziergänger* die entscheidende Frage: Ist das Buch wirklich gut? Aber hier stockt Robert Walsers Spaziergänger. Das wirklich verkäufliche wird nicht oft das wirkliche gute Buch sein. »Können Sie schwören, daß dies das weitverbreitetste Buch des Jahres ist?« – »Ohne Zweifel.« – »Können Sie behaupten, daß dies das Buch sei, das man absolut gelesen haben muß?« – »Unbedingt.« – »Ist das Buch wirklich gut?«

st 783 Werner Koch
See-Leben
See-Leben I, Wechseljahre oder See-Leben II, Jenseits des Sees; in einer Kassette
128/204/222 Seiten
»Im Gegensatz zu vielen vergleichbaren Zeitgenossen hat Koch etwas Wesentliches entdeckt: daß es nicht das Leben gibt, das einzige, wahre Leben, und es folglich müßig ist, danach zu suchen. Es gibt nur eine ureigenste, individuelle Lebenspraxis.« *Frankfurter Allgemeine Zeitung*

st 784 – st 799
Ernst Weiß
Gesammelte Werke in sechzehn Bänden
Herausgegeben von Peter Engel und Volker Michels
»Ernst Weiß gehörte zu den Dichtern, die schon früh eine Berührung mit der Weisheit des Ostens fanden und diese Weisheit nicht als Kuriosität erlebten, sondern ihre innige Verwandtschaft mit allen Höhepunkten westlicher Kultur begriffen haben.« *Hermann Hesse*

»Die Werke des Dichters Ernst Weiß weiten das Herz, da sie das Gebiet des Menschen erweitern: nach unten zu Tier und Tiefe, nach oben, zum Geist.« *Heinrich Mann*

st 802 Wolfgang Koeppen
Amerikafahrt
168 Seiten
»Die Amerikafahrt Wolfgang Koeppens zieht ihre wirklich oft unwiderstehliche Schönheit, ihre hinreißend ›genaue‹, vibrierend notierte Diktion aus der Summierung ›gelungener‹ Minuten-Notizen, an denen Netzhaut, Ohr, Kalkül, ästhetisches Kombinationsvermögen, Duldsamkeit, diskrete Klugheit in gleichem Maße beteiligt sind. Die Notizen ereignen sich unterwegs von Fall zu Fall, in New York wie in Hollywood oder bei den Mormonen, im Flugzeug oder im Pullman.« *Karl Krolow*

st 803 Herbert Achternbusch
Das letzte Loch
Filmbuch
Mit Abbildungen
122 Seiten
»Wie kommt es, daß die besten Filme, die sich mit dem Grauen in Deutschland auseinandersetzen, von Komödianten gemacht wurden? Chaplins ›Großer Diktator‹, Lubitschs ›Sein oder Nichtsein‹, und nun Achternbuschs ›Das letzte Loch‹. Kann man das Unfaßbare nur mit Gelächter ertragen?« *Süddeutsche Zeitung*

st 804 Bohumil Hrabal
Erzählungen, Moritaten und Legenden
Aus dem Tschechischen von Franz Peter Künzel
248 Seiten
»Welt ist das, als was man sie ansieht. Hier wird sie nicht ernster genommen, als unbedingt nötig. Mit hinterhältigem Witz und unter Harmlosigkeit getarnter Ironie erredet sich Hrabal eine Freiheit, die immun macht, weil es die Freiheit der Narren ist.« *Wolfgang Werth*

st 805 Veranda Spuk
Mein Flirt mit einem ganz bestimmten Superstar
oder Mein heiliger Pappkarton im Bettlaken
300 Seiten im Schuber

»Das Mädchen des Erzählten nannte ihren Superstar-Freund erstmals halbversehentlich Pappkarton, machte es sich von nun bequem, mit Kissen und so. Davor war sie allerdings sehr klein, war auch erst 12 oder 13 Jahre alt. Aus diesem Alter stammen die ersten vorliegenden Seiten. Doch dann wollte sie ihr Buch schreiben, weil er ihre Briefe nicht beantwortete, jenes Buch wird ihr Superstar mit Sicherheit lesen.«

Aus dem Brief der Autorin vom 27. 4. 1981

st 806 Stanisław Lem
Die Ratte im Labyrinth
Ausgewählt von Franz Rottensteiner
Phantastische Bibliothek Band 73
274 Seiten
»... zur Zeit wohl der umfassendst gelehrte Kollege, einer der letzten Alexandriner, dem es gelingt, interdisziplinär zu arbeiten, als könnten die Ecken unseres Bewußtseins und die Geheimnisse etlicher Galaxien eine Verbindung eingehen.« *Günter Herburger*

st 807 Johanna Braun, Günter Braun
Der Irrtum des Großen Zauberers
Ein phantastischer Roman
Phantastische Bibliothek Band 74
196 Seiten
»Die Parabel vom Birnenimperium Plikato ist... eine Satire auf totalitäre Machtapparate und deren Scheitern an der menschlichen Widerstandskraft und entfaltet bei deren Durchschauen beträchtlichen Witz.« *Otto F. Beer*

st 808 Alejo Carpentier
Die verlorenen Spuren
Roman
Aus dem Spanischen von Anneliese Botond
354 Seiten
Ein Musikwissenschaftler erhält den Auftrag, für die Sammlung der Universität bestimmte primitive Instrumente im Urwald aufzuspüren. Die Reise, die ihn für einige Wochen von unbefriedigender Tätigkeit und Ehe befreien soll, wird ihm zur Befreiung schlechthin. Doch er hat den Bruch mit der Zivilisation nur halbherzig vollzogen. Er kehrt noch einmal zurück in die Weltstadt. Als

er, wieder im Urwald, nach den Gefährten und Stätten des Glücks sucht, sind alle Spuren verwischt.

st 809 Darcy Ribeiro
Maíra
Roman
Deutsch von Heidrun Adler
340 Seiten
»Meisterhaft in der Komposition, von bestechendem Können im psychologischen Zugriff auf die einzelnen Charaktere, von geradezu weltliterarischer Souveränität in der allmählichen Entfaltung unaufhebbarer Konflikte, gehört dieser Roman zu den großen Leistungen des amerikanischen Subkontinents.«

Frankfurter Allgemeine Zeitung

st 810
Lateinamerika
Gedichte und Erzählungen 1930–1980
Herausgegeben mit einer Einleitung und Hinweisen
zu den Verfassern von José Miguel Oviedo
426 Seiten
Chronologisch werden die großen Dichter und Erzähler Lateinamerikas vorgestellt: mit einem kurzen Stück Prosa oder wenigen Gedichten. Die Auswahl vermittelt einen Begriff von der unerhörten Lebendigkeit und schöpferischen Kraft, die überall auf diesem Kontinent zutage treten. Sie reicht von der Lyrik César Vallejos, Pablo Nerudas und Nicolás Guilléns bis zu den Erzählungen Asturias', Guimarães Rosas und Gabriel García Marquez'.

st 811 Die Neue Welt
Chroniken Lateinamerikas von Kolumbus bis zu den Unabhängigkeitskriegen
Herausgegeben und mit einer Einleitung versehen
von Emir Rodríguez Monegal
Mit zeitgenössischen Illustrationen
434 Seiten
Diese Chroniken sind der Beginn eines Dialogs der Kulturen. Die Europäer reagierten auf die ersten Zeugnisse aus Amerika: so entstanden die *Utopia* von Thomas Morus oder der Essay über die *Kannibalen* von Montaigne, der Vorstellungen nachhaltig prägte. Dieser Dialog dauert bis heute an, im Begriff des Eurozentrismus hat er seine moderne Form gefunden.

st 812 Der lange Kampf Lateinamerikas
Texte und Dokumente
von José Martí bis Salvador Allende
Herausgegeben von Angel Rama
424 Seiten
Seit den Unabhängigkeitskriegen existiert die Idee Simón Bolívars von einem einigen und starken Lateinamerika: mit politischer, wirtschaftlicher und kultureller Selbständigkeit. Der Traum ist heute noch ein Wunschbild, Lateinamerika sucht noch immer seine Identität.

st 813 Robert Walser
Der Gehülfe
Roman
292 Seiten
»Die Prosa Robert Walsers ist auf arglose Weise hinterhältig. Gefeit gegen jede schnelle Lektüre, verlangt sie eine unendlich rege Aufmerksamkeit, denn erst im Wieder- und Wiederlesen zeigt sie ihre wahre Gestalt. Was zuerst wie Unvermögen und Verwahrlosung, wenn nicht gar wie Kitsch aussieht, entpuppt sich im Nachhinein als Raffinesse. ... Jedes Klischee gerät ihm zur Demonstration gegen den gefälligen Effekt, seine Komik ist freiwillig.« *Wolf Wondratschek*

st 815 Hans Christoph Buch
Jammerschoner
Sieben Nacherzählungen
162 Seiten
»Hintergründig und scheinbar sadistisch entlarvt der Autor soziale, politische, historische Verhältnisse, er verschränkt spielerisch, doch mit deutlichem Hinweis, verschiedene Epochen, Zeiten, ja Kulturen. Er tut dies mit den Mitteln einer Sprache, die parodistisch zitierend den Figuren ihr eigenes Urteil spricht.«

st 816 Natalia Ginzburg
Ein Mann und eine Frau
Aus dem Italienischen von Arianna Giachi
190 Seiten
»Aus diesen gleichmütigen, fast teilnahmslosen Mitteilungen entsteht unversehens ein unentrinnbares Lebensge-

füge, in das man selbst, lesend, hineingerät, dem man in alle Einzelheiten folgt.« *Süddeutsche Zeitung*

st 817 Igor Strawinsky
Aufsätze, Kritiken, Erinnerungen
Ausgewählt und herausgegeben von Heinrich Lindlar
226 Seiten
Was über Werden und Wirken, über Weg und Werk des russisch-französisch-amerikanischen Komponisten und Kosmopoliten Strawinsky vom Aufbruch unseres Jahrhunderts im Reflex seiner Mitarbeiter, Freunde und Mäzene, aber auch seiner eingeschworenen Gegner aus dem Umfeld der Neuen Wiener Schule Schönbergs – was da an Erinnerungen, an Huldigungen und Attacken von Belang war, findet sich in diesem Auswahlband wie in einem Brennspiegel.

st 818 J. G. Ballard
Kristallwelt
Roman
Aus dem Englischen übersetzt von Margarete Bormann
Phantastische Bibliothek Band 75
178 Seiten
»Am Tage flogen phantastische Vögel durch den erstarrten Wald, und edelsteinbesetzte Krokodile glitzerten wie heraldische Salamander an den Ufern des kristallenen Flusses. Nachts jagte der leuchtende Mann unter den Bäumen dahin, die Arme wie goldene Wagenräder, der Kopf wie eine gespenstische Krone . . .«

st 819 Peter Schattschneider
Zeitstopp
Science-fiction-Geschichten
Phantastische Bibliothek Band 76
230 Seiten
»Mit einemmal sah er nur noch Atome und Moleküle, die keinen Bezug zueinander hatten. Nichts veränderte sich. Die Naturgesetze zerfielen, weil es in der Zeitlosigkeit nichts gab, das sie beschreiben konnten, und mit ihnen zerfielen die Objekte. Bäume, Sträucher, das verdorrte Gras, Erde und Gestein, selbst die Sonne und der in der Luft erstarrte Vogel: Alles verlor sich in Bedeutungslosigkeit.«

st 821 Hans Carossa
Der Arzt Gion
Eine Erzählung
256 Seiten
»Die Lauterkeit seiner Gesinnung, die Tiefe seiner so bescheiden auftretenden Problematik, und mehr als alles der Adel seiner Sprache, seines schönen, wie eine Quelle fließenden Deutsch machen dies ernste Buch unausschöpflich, wie alle echte Dichtung es ist.« *Hermann Hesse*

st 822 Marcel Proust
Sodom und Gomorra
Auf der Suche nach der verlorenen Zeit
Vierter Teil
Deutsch von Eva Rechel-Mertens
2 Bände, zus. 724 Seiten
»Von der Erfahrung Prousts in Deutschland verspreche ich mir Entscheidendes, nicht im Sinne der Nachahmung, sondern in dem des Maßstabes. ... Angesichts des desorientierten Zustandes der deutschen Prosa, wenn nicht der Krisis der Sprache überhaupt, ist Rettendes zu hoffen von der Rezeption eines Dichters, der das Exemplarische vereint mit dem Avancierten.«
Theodor W. Adorno

st 823 Sylvia Beach
Shakespeare and Company
Ein Buchladen in Paris
Aus dem Amerikanischen von Lilly v. Sauter
Mit Abbildungen
248 Seiten
»*Shakespeare and Company* ist kein gelehrtes Buch, es ist ein ganz persönlicher Bericht. In Sylvia Beachs Erinnerungen kommen nahezu alle vor, die in den zwanziger Jahren eine Rolle spielten, und Sylvia Beach zählte sie alle zu ihren Bekannten.« *The New Yorker*

st 824 Erik H. Erikson
Lebensgeschichte und historischer Augenblick
Übersetzt von Thomas Lindquist
296 Seiten
Die Frage, um die es Erikson in diesem Buch geht, lautet: Psychoanalyse – Anpassung oder Freiheit? Erikson plä-

diert für eine Form von Adaption, die den Patienten befähigt, die Realität so zu sehen, wie sie ist, was nicht bedeutet, sie in ihrer Faktizität einfach hinzunehmen. Eriksons »goldene Regel« für seine eigene Praxis ist ein Begriff von Anpassung, der auf Gegenseitigkeit und Anerkennung basiert.

st 825 Volker Erbes
Die blauen Hunde
Erzählung
190 Seiten
Die blauen Hunde erzählt die Geschichte einer Krankheit. Scheinbar unangekündigt trifft sie eine junge Frau. Die Vorgeschichte zeigt, daß die Formen ihres Wahns nicht zufällig sind oder abstrus, sondern bis in die absonderlichen Details biographisch bestimmt. Auch der Erzähler, der ehemalige Freund dieser Frau, wird von dem Wahn, der der Wahn einer Epoche ist, erfaßt. Indem er ihre Geschichte erzählt, entdeckt er betroffen die Rolle, die er darin spielt.

st 826 Phantasma
Polnische Geschichten aus dieser und jener Welt
Herausgegeben und übersetzt von Klaus Staemmler
Phantastische Bibliothek Band 77
282 Seiten
Zwanzig Erzählungen von neunzehn Autoren stellt dieser Band vor, utopische und phantastische Geschichten, heitere und ernste, amüsante und besinnliche; Spekulationen über die Zukunft stehen neben satirischen Seitenhieben auf die wenig vollkommene Gegenwart. Und es gibt auch gar schauerliche, diabolische und unheimliche Geschichten.

st 828 Hermann Lenz
Die Begegnung
Roman
204 Seiten
»Ein wundersames und wunderbares Buch ... ein Roman, der ganz unwichtig tut und doch voll Weisheit ist; der beiläufig erzählt wirkt und doch Existentiellem auf den Grund geht; der in geschichtlicher Zeit spielt und uns die eigene Zeit und unsere eigene Zerrissenheit besser wahrnehmen läßt.« *Deutsche Zeitung*

st 829 Pablo Neruda
Liebesbriefe an Albertina Rosa
Zusammengestellt, eingeführt und mit Anmerkungen versehen
von Sergio Fernández Larraín
Aus dem Spanischen von Curt Meyer-Clason
Mit Abbildungen
338 Seiten
Wer die Memoiren Nerudas gelesen hat, kennt seine Erzählhaltung. Das Schreiben sei für ihn wie das Schuhemachen – und so urpersönlich, sympathisch warm und menschlich ist auch der Ton dieser Briefe. Sie befassen sich mit Zuneigung und alltäglichen Sorgen, mit Hoffnungen und Enttäuschungen.

st 831 Helm Stierlin
Delegation und Familie
Beiträge zum Heidelberger familiendynamischen Konzept
258 Seiten
»Die Beiträge des Bandes verarbeiten eine Fülle von Fallbeispielen und therapeutischen Erfahrungsdaten vor dem Hintergrund der psychoanalytischen Grundannahmen zu einem komplexen System von Hilfestellung für die unterschiedlichsten familiären Konstellationen. Lesenswert für jeden, der an Einsicht in ein komplexes Gefüge von Zusammenhängen interessiert ist.«
Wissenschaftlicher Literaturanzeiger

st 833 J. G. Ballard
Die Tausend Träume von Stellavista
und andere Vermilion-Sands-Stories
Aus dem Englischen von Alfred Scholz
Phantastische Bibliothek Band 79
204 Seiten
Vermilion Sands, ein Wüstenkurort zur Erfüllung der ausgefallensten Träume der gelangweilten Reichen, jetzt Künstlerkolonie für Maler, Literaten, bildende Künstler und Musiker, ist in einem langsamen, aber unaufhaltsamen Verfall begriffen. Dichter drücken lediglich auf die Knöpfe ihrer Computer, die automatisch für sie dichten; tönende Skulpturen wachsen aus dem Boden, und empfindsame Pflanzen reagieren auf die Töne der Musik.

Alphabetisches Gesamtverzeichnis der suhrkamp taschenbücher